活到老，真好

（修订版）

王鼎钧　著

商务印书馆
The Commercial Press

活到老，真好
·代序·

那几年和中国大陆的老同学通信，知道他们早已退休，有人在退休时安排了第二职业，现在也交了出去。这给我一个感觉，我们这一代的确是过去了。

这就是老。人握拳而来，撒手而去，先是一样一样搜集，后是一件一件疏散，能得能舍，得、舍都是成就，得也正当，舍也洒脱。我发现大陆上的一些亲友对"老"完全不能适应，以致心中沮丧空虚，难以聊生。"革命哲学"是假设人在三四十岁的时候战死了，或是累死了，不料还有一段晚景颇费安排。

我倒是写了许多信劝他们。我说老年是我们的黄金时代。人家说黄金时代是20岁，你想，20岁我们懂什么？懂得茅台和汾酒有什么分别吗？懂得京胡和二胡有什么分别吗？懂得川菜和湖南菜有什么分别吗？我说到了老年，人生对我们已没有秘密，能通人言兽语。当年女孩子说"我不爱你"，你想了一整年也想不出原因来，现在她刚要张口你已完全了解。我说上帝把幼小的我们给了父母，把青壮的我们给了国家社会，到了老年，他才把我们还给我们自己。

我说年老比年轻好，一如收获比垦荒好，或和平比战争好。年轻时我们和命运对抗，到老来和解了。成年以前的我们是"危机四伏"，门外一步都是不可知，正所谓"如暗夜行走"。到了壮而行，手里有地图，心中有煎熬，天天"冰炭满怀抱"，灵肉冲突、义利冲突、群己冲突，哪有安宁？谢天谢地，总算老了，跳出三界，不列五行。还用得着自己拿鞭子抽自己的背吗？还用得着自己拿刀割自己的耳朵吗？再也用不着一夜急白了胡子、三天急瞎了眼睛，再也用不着"为伊消得人憔悴"。不喜不惧，无雨无晴。这段话，我的同学少年也听不进，他们说我是酸葡萄。

老年最忌悔恨，悔恨伤身伤神。我有一篇短文劝人"不要悔"，流传颇广。悔恨的声音还是常听见，有人说他当年经手公款成亿成万，从未贪污，以致老来受穷。有人说当年官场争逐，他讲义气让一步，让他的好朋友升上去，结果"官大一级压死人"，一生受这朋友欺负，悔不当年把这厮一脚踹下去。有的老人后悔他以前做过的好事，往往变成很坏的人。中国民间有个词儿，谓之"老坏"，值得警惕。

美国做学问的人在这方面也有见解。据他们说，许多美国老人眼见老人的福利日减，年轻人对老人的态度也越来越差，社会的道德水准在下降，于是认为社会辜负了他，甚至认为社会欺骗了他。这等人觉得他以前对社会贡献太多，太不值得，竟想在有限的余年做些坏事来"平衡"一下，以致老人的犯罪率一再提高。这消息扫尽老人的面子，那天我暗暗立下"最后一个志愿"，但愿能做个"不太坏"的老头儿。

能活到老，真好。想想那些我喜欢的作家，曹植活了40岁，李商隐活了45岁，李贺不过27岁，徐志摩35岁，曹雪芹据说48岁。倘若举行民意测验，可以发觉人人嫌他们死得早，连曾国藩这样的人也不过只活60岁。我们的文章比曹雪芹坏，寿命比他长，有时间多看几遍《红楼梦》，多些体会，有机会多看到有关的考证和发现，长些见识，这就是人生的福分。

值得看的景象越来越多，人所共喻。今天的电影拍得比当年精彩，今天的花也开得比当年灿烂，今天的年轻人比我们那一代青年漂亮，有照片为证。大概和营养、教育、风尚都有关系，说不定还加上遗传，这是写研究论文的题目。诸如此类，观之不足。

写这本小书，想和朋友们共同勉励，要能活得久，要能享用余年。书是薄了一点，现在增补了许多新文章，称为新版。这几年，多少应该有点进步，但愿新版有胜前版，能入你的慧眼。

目 录

第一辑　生　活

第二辑　智　慧

第一辑 生活

那里有一棵树，一棵树站在那里，实在好看。

树为什么好看？树有一种努力向上生长的样子。

人也好看，只要人努力上进，尤其是一个男人，

男人的美，就在他不停地奋斗。

老年的喜乐

有人问我，人生最难得的是什么，我告诉他，人生最难得的是老年，老年才是我们的黄金时代。青年是金矿，老年是纯金。青年是新茶，老年是陈酒。青年是电玩，老年是电脑。青年是瀑布，老年是大海。

我这一代人出生的时候，中国人的平均寿命是55岁。今天世界上有些地方，像阿富汗，平均寿命44岁。咱们这一代有过多少天灾，多少战争，多少传染病，多少大屠杀！人生一世，活到老不容易。小时候跟我们一起捏泥巴的，现在还剩几个？跟我们一块儿出操上课的，还剩几个？跟我们一同闹学潮搞游行的，还剩几个？哥伦比亚大学有位教授，他退休了，写了一本自传，书的名字叫《我有九条命》。圣严法师在他的传记里说，他活了四辈子，他是四世为人。今天的老人都不平凡，都看过前世来生，都有九条命。

20世纪死亡的比率很高，死亡的机会很多，我们走出来，活过来，幸亏有人"替死"。举例来说，SARS流行的时候，我们的处境都很危险，有一家中文报纸把SARS翻译成"杀尔死"，真是触目惊心。可是咱们都度过这一劫，平平安安，那是因为世界上已经有8464个人得病，有812个人病死，他们替咱们争取了三个月的时间，医生从他们身上找到了防治SARS的办法，堵住了SARS，不让它发展，那8464个人替咱们病了，那812个人等于替咱们死了。各位耆老都是用重价赎来的，一定要自己珍重，各位都是金刚不坏，火炼金身，都是金不换，银不换，珍珠玛瑙也不换，咱们没有工夫去生那个什么忧郁症。

现在人类的寿命正在延长，有一份研究报告说，人应该可以活到130岁。美国未来世界协会在旧金山开会，科学家指出，科学的进步将使人类的寿命延长到180岁。耆老不老，耆老来日方长。

人人有个英雄期，然后，应该有个圣贤期。亚历山大大帝南征北讨，征服了许多国家，最后来到海边，他流下眼泪，在那个时代，大海是他的极限，他没有事做了，没有地方可以再去攻打、再去征服了。其实他流眼泪的时候，就是他应该做圣贤的时候，亚历山大只知弯弓射大雕，他不懂，咱们中国人应该懂，可惜很多人忘记了。烈士暮年，廉颇老矣，他不知道做什么好，他忘了最后做圣贤。中国社会的长者，做了美国老人中心的耆老，个个好比站在海边的亚历山大帝，有成就，但是不快乐。美国的专家学者三年开一次小会，五年开一次大会，讨论亚裔老人的精神和心理健康，其实中国文化里头早有一帖药方，就是做圣贤。纽约有一位老人家，106岁，每天早晚都祷告，据说他祷告的时候常常问：上帝啊，你把我留在世界上，到底要我为你做什么？是啊，科学家说人可以活到130岁，我们活那么久做什么？其实用不着等到130岁，也用不着等到106岁，咱们现在就可以作个定夺，活到老，就是教你做圣贤。

咱们都能做圣贤吗？人人可以做圣贤！圣贤怎么个做法？圣贤好比药方，其中最重要的一味药，就是关心别人。咱们不快乐，因为咱们太关心自己，咱们在英雄期养成了这么一个习惯，一条路走到了天黑，就得反其道而行。英雄说，人不为己，天诛地灭；咱们说，人不为己，花好月圆。小说家王蓝晚年写下健康喜乐长寿二十二条，写得很好，对我们有很大的帮助，大体上说，二十二条就是一条：关怀别人，这一条又可以化为一百条、二百条，成为咱们起心动念、言语造作的源头，这就是做圣贤，这就得到快乐。他不说快乐，他说喜乐，是一种心灵上的满足，跟世俗的快乐有分别。

单单关心自己的亲人并不够，咱们还得能够关心所有的人，包括不认识的人，不喜欢的人。说也奇怪，只要你能扩大关怀，你的烦恼立刻就减轻了，甚至完全消失了，你重新发现人生的意义，咱们又有事情可以做了，咱们的信心快乐又恢复了。这种广大的关怀，大概要到老年才有可能，夜来风雨声，花落知多少，你心里记挂的不仅是自家院子里的玫瑰，而是风雨中所有的万紫千红。专家说，人到老年，性格越来越美，老人都是好人，老人中心就是好人中心，人到老年，他的优点膨胀，缺点萎缩，人越老越可爱，想不做圣贤都不行。

有些人上了年纪，向往返老还童，"假使可以重新来过"。我这么写：河水不必倒回去，前面是大洋，云蒸霞蔚；葡萄酒不必倒回去，前面是盛宴，金尊玉盏；历史不必倒回去，后面是茹毛饮血，宇宙洪荒。来时路漫漫，处处有你卸下的枷锁重担，难道要一一捡起来？

慢慢老

名作家简媜曾说，如果把人比喻成一座楼，"老"是一层一层崩坍。我想起家乡有这么一个说法：人老先从哪里老？人老先从眼上老，看不清楚的多，看得清楚的少。人老先从哪里老？人老先从牙上老，咬不动的多，咬得动的少。下面还有从腿上老，从腰上老，从耳朵上老。那时候生理知识不普及，没提到从心脏老，从大脑老，从前列腺老。

用大楼比身体，眼睛、耳朵、牙齿等等各是一层楼，究竟哪层楼先坍，因人而异。流行的说法是，每个人的身体都有某个地方最弱，所以有人40岁拔光了满口牙齿，有人某个地方很强，所以70岁还能穿针眼。如果没有外力伤害，最弱的地方先坍，伍子胥过昭关，一夜失眠，头发胡子全白了！

想起明朝有位女诗人写过这么一首诗："白发新添数百茎，几番拔尽白还生；不如白就由他白，那得功夫与白争。"一般人的头发胡子由全黑到全白总会有个过程，先是"偶有几茎白发"，经过"镜中两鬓霜"，一步一步到"顾我长年头似雪"。眼睛也是一样，每隔些时换一副眼镜，增加一些老花或近视的度数。腿老，先是一根手杖，然后两根手杖，然后买四条腿的安全杖，然后轮椅。牙老，经过刷牙、洗牙、拔牙，拔了一颗又一颗。这一段时间大家称为"老化"，老化不能避免，但是有办法可以把时间拉长，黄惠如女士提出一个说法：慢老。

慢老！一句话惊醒梦中人，检点一下，别老得太快了。常言道岁月催人老，其实岁月何尝催你，在很大的程度上，是不良的生活习惯催你，是病态的心理性情催你，后天的原因，自己的责任，你把两次换手杖之间的时间缩短了，你把两次拔牙的时间缩短了。谁亏待了他的胃，他的胃先破；谁疏忽了他的骨，他的骨先折，这座楼才一层一层崩坍。

一语惊醒梦中人，改变自己，可以把老化的时间延长，老年不是大楼崩坍，而是岩石风化，延年益寿之后无疾而终也未必是神话，潇潇洒洒，不带走一滴眼泪。奈何看前后左右多少人不肯改变，请恕直言，在电影《楢山节考》里面，年轻人把70岁的老人背到山上去丢在那儿等死，在现代生活里面，多少老年人自己走上山去。惊醒梦中人一句话不够，黄惠如写了千言万语一本书，劝老年人知过必改，趋吉避凶，她称之为"创造自己的样子"，一个人主唱也不够，要有回响共鸣，詹鼎正医师称之为"成功的老化"，我在这里说这样的老年是现代完人。

怎样才能慢老，一言以蔽之，改造日常生活。为读者方便，著作者从中分化出五个项目来，运动，均衡饮食，定时睡眠，预防疾病，管理情绪，共五事为纲。纲领之下，细目可以闻一知十。例如运动，书中有新见解，认为运动并不需要一定有氧，不一定每天多少分钟，不一定要出汗，也未必要每分钟脉搏跳动多少下，如此郑重其事，许多人望而却步。有一个新观念叫作"微运动"，运动就是动，动总比不动好，上下楼不坐电梯，打扫地毯不用自动吸尘器，收拾房间，扫门前落叶，甚至在外边找停车位故意远一点，都是运动。

我知之矣！公车站等车，提起脚跟，重心放在脚尖上，再让脚跟落地，一二三四。戏院门口等入场，到对面人行道上走过来再走过去。公共集会该鼓掌的时候热烈拍巴掌，看表演该喝彩的时候大声叫好，在家站着看电视，同时原地踏步，吃饭细嚼慢咽，咀嚼也是运动。能走就不要站，站着也可以甩手弯腰；能站就不要坐，坐着也可以攒拳弹腿；能坐就不要躺着，躺着也可以翻身打滚。看书写字，每隔20分钟、30分钟停下来，十指握紧，手掌放开，一二三四。心灰意冷吗，运动。怒火中烧吗，运动。闲成一根豆芽了吗，运动。忙成一团乱麻了吗，运动。

"慢老"说，有几种个性使人老得快：求全，完美主义，时常后悔自责。愤世嫉俗，对人有敌意，心存恶念。悲观，讨厌自己，因循拖延，没有气力改变。思想压抑，胸中有小火山，烦恼不安。可以发现，这几种个性，正好触犯"慢老"的五纲领，后悔自责会失眠，不能定时醒睡。悲观的人既然讨厌自己，也就懒得遵守那些清规戒律，预防疾病。思想压抑使人抽烟喝酒，而且是自斟自饮，没有朋友。换个角度看，使人慢老的那五纲领，正好对治这几种性格，尤其是情绪管理，也不限情绪管理。

我知之矣！古人说山难改，性难移，今人说外在影响内在，可以由形式求内容。举例来说，士兵的入伍训练，为什么把立正稍息看得那么重要？正是因为这些外在的形式，可以培养服从和守纪律的内在精神。有人管这种办法叫"外打进"。"慢老"提出的建议偏重自外向内，有生理学的根据。既然一个人的性格危害他的健康和生命，山难改也得改，性难移也得移，不论由内到外还是由外到内，总要尽心一试。相信科学的人，大都相信行为影响生理，生理影响心理，心理再产生行为，循环不已，我们不能改变这种循环，但是可以利用它、导引它走向慢老，而且不限慢老。

外打进，有一个施教者、一个受教者，这个施教者并不是写书的人，而是读了书愿意接受的人。这表示外打进的受者必须完全出于自动。在这方面，黄惠如女士对追求慢老的老人说了一句话：跟不那么喜欢的自己相处。自己跟自己，学者的说法是第一自我和第二自我，在舞台上，演员和剧中人的关系就是第一自我和第二自我的关系。不怎么喜欢他，也并非很讨厌他，眼看他上了老号快车，赶紧跟上去劝他下来，镜头温馨，你动心了吗？

老年神话

老年神话，一个许多人都在使用的熟词，不知是谁创始，好像是从"青春神话"发展而来。"神话"一词有好几个含义，我在这里只取其一，"超出自然定律"。人从百丈高楼坠地一定会摔死，这是自然定律，但是，"有神保佑他，他坠地后毫发无损"，那就超出自然定律，于是神话和超自然有了联结。

人之一生冥冥之中也有共同的必然，由少壮到老耄，有人说是上坡和下坡，有人说是上半场和下半场，我用过的比喻是弹道，大声冲出枪膛（婴儿啼哭），走升弧（后生可畏），走顶弧（日正中天），走降弧（归于平淡），到落点。因此，少年快乐，中年辛苦，老年忧伤。

所谓老年神话，就是说人也可以不受上面这条定律的支配，人有智慧，能够观察自己，导引自己，自动修正方向，选择落点，创造一个不同的老年。人到老年为什么一定要寂寞？咱们也可以自得其乐。即使寂寞，为什么一定要得忧郁症？咱们也可以却病延年。升弧使人苟安，咱们偏要努力；顶弧使人傲慢，咱们偏要谦和；降弧使人愤激，咱们偏要自持；落点使人懊丧，咱们偏要顺应。

戏剧史告诉我们，演员照着剧本表演，好像一切命中注定。但是戏也可以没有剧本，演员一面表演一面自己编情节，整个戏演完了才产生剧本，这样的戏，演员可以一面表演一面修改结局。

张春荣教授引用西谚："命运抛给我们一颗柠檬，我们来做成一杯柠檬汁。"这就是修改结局，推而广之，命运给我们一颗球根，我们使它成为一粒种子；命运给我们一堆落叶，我们使它成为肥料；命运让我们做破铜烂铁，我们偏要化为一件古董。

一个生来失聪的人，听不见别人说话，没有机会学习语言，自己也会变成哑巴。一个又聋又哑的人，不会有什么成就，那么他的一生很黯淡，这好像是一条定律。但是，广州有个女孩，先天是个聋子，她经过艰苦学习，进了大学，在毕业典礼上致词，然后出国深造，超出自然定律，改变了结局。她说:"我要证明除了聋,什么都能做。"

一个生下来没有四肢的人,好像也注定了他的命运。可是印度尼西亚有一个男孩,学习摄影,他坐在特制的车子上,靠他的半截手臂和脸固定相机,用嘴和下巴操作,拍下一张一张照片,成为有名的摄影家,他也超出自然定律,改变了结局。他说:"我们不必成为完美的人,只需要把要做的事情做好。"

可以说,这两个人各自写下了自己的神话。

这就说到老年。杨聪财院长说过,男人小时候由父母照顾,长大了由妻子照顾,到了老年,耐性和成熟度都比较差些,女人反而比他容易做到"社会再适应"。诚然,请看逃难,移民,或是家道中落,每一个家庭靠女人支撑,超过依靠男人。平时,这里那里,都是被女人宠坏了的男人,有些人自己不能泡一壶茶,也不知道怎样打开洗衣机,这些人一旦老年丧偶,势必坠入那个自然定律。

除非他自己写神话。譬如说,自己不动锅灶,每天去买两个饭盒填饱肚子,日子久了,一定不能祛病延年,那就及早花点功夫学烹饪吧。有人以从未进过厨房为荣,何不想一想有些事情要自己做才有益身心,像散步、打太极拳、画画儿、弹琴,别人不能代替。在厨房里掌勺就是掌握生命的源头，烹调的时间可以换成你健康的时间，老年独居，为什么不能把厨房当作健身房？

再说洗衣服，既然家里有洗衣机烘干机，那就不必把换下来的衣服全送进洗衣店了，你应该发现，洗衣店并没有把衣服洗干净，只要把从洗衣店拿回来的衣服放进一盆清水中浸泡一下，你看看盆里的水是什么颜色好了！你也应该发现，洗衣店不断遗失你的内裤、袜子，越是高档货越容易短少。退休独居以后，你应该发现，自己把衬衫洗干净，烫平了，穿在身上舒服、快乐，发掘这种快乐吧，不能再损失了。很难做到吗，总比聋哑人大学毕业、没有四肢的人摄影成名要容易吧。

要时时学习，肯学习的人没有暮气。在我居住的地方，有两位可风可传的老人，萨老太太学画，她91岁了，还在修博士学位，这一年，我出席她举行的画展。她在82岁那年，取得纽约市立大学艺术硕士学位，76岁那年，取得史泰登大学美术系学士学位。她在水彩、油画、水印、木刻、铜刻各领域都有表现，勇猛精进，日新又新。还有一位丁老太太，1996年以80岁的高龄在纽约市立大学约克学院美术系毕业，在她100岁以前，我三次出席她的画展，每一次都感觉像是参加了生命与自然律的搏斗，拣回不少战利品。

她们能继续学习，就能继续成长，就没有老年的颓丧、恐惧、衰败，有探险的兴奋，收获的喜悦。

我也从网上看见马寅红和杨光两位女士的时装表演，她俩也都不年轻了，但是不退休，声称要建立"老年美学"。依自然定律，由少到老，由美变丑。唐朝有位张先生，说明他为什么怕太太，大意若曰女子起初是天使，后来是悍妇，老了是巫婆，焉能不怕？老年美学要超越这个定律，也可以说就是写下老年神话了，预祝她们成功。

一个人的老后

日本女作家上野千鹤子有一本书讨论老年，杨明绮译为《一个人的老后》。通常女子比男子长寿，妻子照顾丈夫，丈夫比妻子先走一步，剩下妻子独对晚年，《一个人的老后》焦点放在女性身上，"老年问题就是女人的问题"。这个写法，固然因为作者是女士，对女性的问题特别锐敏，同时也不排除有商人建议的销售术在内，目标锁定女性，可以集中公众的关注。老年问题当然不仅是女人的问题，男人流行不婚，也难免离婚或丧偶，独居的男人增加，也是一个显著的社会现象。上野千鹤子又写了一本书，称为《一个人的老后男人版》，后浪前浪，乘势共进，一时汹涌澎湃。

上野千鹤子是学者，学者必有与众不同的一家之言，她主张老人独居，"自己的房子自己住"，不必留给儿女。"本来就是一个人，现在还是一个人。"她劝老人不要怕孤独，把孤独当作伴侣。洪雪珍心同理同，发出和声，也勉励老人独立老、孤独老，誉之为老年的"英雄之旅"。

有人制作了一张"孤独等级表"张贴在网站上，一个人喝咖啡（我想是坐在咖啡馆里喝咖啡），第三级孤独。我想起有一个馆子叫"独享锅"，一个人喝咖啡是独享，独享也是"享"，能以"独享"为享受，就懂得"以孤独为伴侣"了。在"伴侣说"出现以前，大家都说孤独是老人遭遇的挑战，好像金鼓齐鸣，烟尘四起，上野千鹤子说"伴侣"，就温柔了。

上野千鹤子认为人多未必不孤独，我想起"相识满天下，知音无几人"，还有"前不见古人，后不见来者"。读本书下文，她说的并非这种孤独，她讨论的问题没到这个层次。另找一个例子吧，有人说自从我结了婚，我才知道什么叫孤独。好了，依例延伸，有人会说自从家里来了个后母，我才知道什么是孤独。有人会说自从进了某某公司上班，我才知道什么是孤独。诗人还说人群是沙漠呢。这孤独不是减少人口造成，都是增加人口造成。人多了怎么反而孤独呢？

有一份调查报告指出，独居的老人比较快乐，与子女合居的老人比较苦闷。另一份调查报告指出，西方国家的老人比较快乐，中国的老人比较苦闷。这两份报告本来没有关联，我读后合而为一。中国的老人苦闷，是否因为他们和子女共同生活？西方国家的老人比较快乐，是否因为他们独自生活？我不做研究，无法追究根底，只能做品茗清谈的材料。

　　人多了为什么造成孤独呢？因为人与人相处，必然发生谁迁就谁的问题，张公艺以百忍维系五世同堂的大家庭，百忍就是一百种迁就，处处迁就，互相迁就，日子过得很压抑。西方流行一个说法，人与人要互相对抗，从对抗中寻求妥协，取得平衡，多数人会觉得辛苦。老了，独居了，也就是释放了，当然快乐；老了，还得在原有的环境里煎熬，当然郁闷。

　　烦恼来自生活，入山修道的人为了免除烦恼，宁愿放弃生活。老人独居，烦恼不生，可是日子怎么过下去呢？上野千鹤子用很多篇幅为老人提出详细规划，生老病死，衣食住行，一切想得十分周到，几乎是一本老人手册，这一部分的实用价值很高，启发不大，我们还是看她那些散文式的抒写，她不鼓励老人再婚，劝他们多交朋友。

上野的意思，独居之独，指离开了家人，正因为离开了家人，更可以融入人群。上野认为人与人的感情靠后天培养，即使是父母子女间的亲情，她好像也不大相信不学而知、不学而能。中国人讲五伦，君臣父子夫妻兄弟朋友，精力时间五马分尸，一旦独居，就可以专心经营老年的人脉了，这时，老人是个"新鲜人"，重塑生活。专门研究老年问题的"老年医学会"，也劝老人多交朋友，他们举出许多理由，其中有一条是独家：多交朋友就会多出门，就会多运动，运动有百益。

交朋友？不是说人多了惹烦恼吗！在《一个人的老后》这本书中，退休后交朋友和在职场中交朋友是两个不同的概念，人在江湖，身不由己，每天站在脚尖上伸长了脖子无友不如己者，升上去，换一批朋友；降下去，换一批朋友，浮浮沉沉，当然是很大的负担。

上野提出独特的主张，独居的老人要交一些"平平淡淡的朋友"。不需要博学的朋友，博学使人疲乏，也不需要倾心吐胆的朋友，倾心吐胆使人唠叨，依例类推，也不需要酒肉朋友，酒肉使人血管狭窄，也不需要两肋插刀的朋友，上野劝老人示弱。择友的条件，希望他们比自己年轻，对朋友的依赖，不超过"全家出门时，可以把钥匙寄放在他家"。

平平淡淡！没错，朋友的狂风骤雨会搅乱他的节奏，他也跟不上朋友追赶跳跃的步伐了。我们中国人打麻将，抓牌出牌飞快，好像不假思索，胡适之打麻将，一桌四家慢慢摸牌，慢慢喝茶，慢慢聊天，常常忘记轮到谁出牌了，停下来计算各家手中谁有几张。他们虽然打牌，并没有"博弈心理"，堪称一桌"平平淡淡"的朋友，打了一场平平淡淡的麻将。

都说人到老年交新朋友很难，其实交平平淡淡的朋友并不难。交朋友要通人情世故，要有一些方法技巧，老人在家庭职场社团修炼，在善恶利害敌友之间周旋，可以说由幼儿园到研究院正果累累，想在人际关系中扮演一个受欢迎的角色，又有何难？因此，老人"想一个人就一个人，想两个人就两个人，想一群人就一群人"。不管多少人，相处总是平平淡淡，当然没有利害，甚至也用不着道义。

平平淡淡！令人想起老子的一句话："君子之交淡如水。"有人把老子的意思看成"君子之交如水"，非也，老子的意思应该是"君子之交淡"，句末"如水"是对"淡"的形容，水性也不只一方一面，此处只取味淡，"譬喻"只要部分相似。各种水也有各种滋味，此处专指淡水，而且是淡水中的井水泉水，这是文学语言，不是科学语言。中国人认为生活经验可以转化成味觉，居然从老子就古已有之了，"世味"有酸甜苦辣咸，"淡"是不酸不甜不苦不辣也不咸，所谓淡而无味是也。人的大脑善变，对任何一味都会厌倦，惟有"无"才能长久，这是道家的哲学，对老人特别适合。人生在世，起初做诗人，后来做商人，最后做哲人，这个哲人应是道家。

暮年之战

　　美国作家约翰·斯卡尔奇（John Scalzi）写过一本科幻小说，名叫《暮年之战》，我读到姚向辉先生的译本。

　　故事的构想奇特：外星人到地球上来招兵，限定要退休后的老人，有一个75岁的老翁前往应征，录取了。外星人给他制造了一个20岁的肉身，把他七十五岁的知识、阅历、修养从旧躯体移入新躯体，施以军事训练，投入战斗。

　　你我都听到过那个传说，外星人的文明比地球人进步，太初，是他们来到地球上，用高科技把人类改造成高等动物。有人用这个传说解释基督教的《创世记》。

　　你我也都知道哥德创造了一个人物，名叫浮士德，此人把灵魂押给魔鬼，换青春再来。

　　《暮年之战》好像是在这样的基础上另起楼台。它是科幻小说，根据物理学、天文学幻想星际交通，根据"克隆"技术和遗传学幻想借尸还魂，根据已知的军备竞赛幻想未来的终极武器，好像这一切都是可知的，又像是不可信的，如此这般蛮有趣的。

75岁的老人，冒死从军到另一颗星球上作战，换取第二度的青春，这个人物引起我们的关切，想知道他后来到底得到什么。这个情节可能是小说家设计的"故事钩"，钩出下面一连串故事。但是在我看来，这也可能是小说的中心思想，表达人到老年的普遍想法，幻想再年轻一次。学者们说过，老人应该常常幻想，那种不求实现的幻想，有如一场游戏，可以祛病延年，《暮年之战》就是一位小说家为老人们设计的游戏幻想。

小说本来都是幻想，不过小说的材料多半来自人情世故，一个75岁的老人，可以说在人情世故里浸透了！请注意这个"浸"字，沿用了千百年的形容词，他已经受够了！小说里面那一丁点子炎凉冷暖他难再投入，"浸"这个字的创用者，恐怕自身也是一个"浸"透了的人。老年人需要有以外的东西激发他的幻想，科幻小说将幻想建立在新事物上，可能正好合他的口胃。

《暮年之战》描述外星人如何创造一个新身体，诱人而且骇人，它将动物与机械结合，而不涉怪力乱神。小说家出语幽默，在科幻中进行的新兵训练有如儿戏，种种匪夷所思的战斗，和敌人竞争残忍与敏捷，写来也如同屏幕上的电子游戏，没有血腥。文学的战场上照例有阴谋和爱情，75岁从军的男主角甚至遇见他死去的妻子。战争嘛，虽然有些情节惊天动地，惨绝人寰，好在"科"本来无情，"幻"姑妄言之，尽信书不如无书，能引你发生幻想就好。

电影《时光倒流七十年》也有一段剧情，男主角想尽办法希望回到从前。那是一部爱情片，年光倒流是为了爱情，和《暮年之战》异趣，使用迫切需要恢复青春做动力发展的故事则一。男主角在大学毕业典礼上遇见一个老妪，后来又在旅馆里看到一位美女的照片，男主角发现照片中人是他从前的恋人，也是眼前的老妪。根据少女和老妪的年龄推断，男主角因为这张照片想回到从前，应该是回到前生？这样，在技术上更困难，电影只能舍"科"就"幻"，让他在梦中如愿。

学者说，宇宙间物质运动、信息传播最快的速度是光速，理论上无法超过，倘若人类能创造超光速的飞行技术，就能看见过去发生的事情，一如电影倒退放映。倘若有那么一天，必有富豪花大钱去看自己的少年，必有检察官亲临现场搜集犯罪证据，民国以来历史上的重大疑案，必有历史家像看电视剧一样去看实际情况。这真是太好玩了！那时，也许老人真能回到起点，再走回来，不知道是否已经有人用它做科幻题材。

前贤说青少年应该脚踏实地，偏偏幻想特别多；老年需要幻想，偏偏缺少幻想的能力。其实这两种幻想并不相同，再强调一次，老年人需要不求实现的幻想，有如游戏，纾解压力，培养生机。什么是不求实现的幻想？在外面，现代赌场，为了吸引老年人去消磨时间，交通，午餐，娱乐节目，一律免费，并且每人赠送十元赌本。但老人早去晚归，绝对不赌，吃喝玩乐加幻想之后，净赚十元零钱。

每个老年人，每天，最好有一段幻想时间，像出家人打坐一样。老人在这一段时间脱离现实，超出经验阅历，神游宇宙，不知空间时间在哪里。万事起步难，出家人靠念经帮助，我们靠科幻帮助。因此，最好每月读一本科幻小说，中国外国，科幻小说都在当代文学中自成门类，也无须真格到外星还魂从军。如果有人进教堂寺院，也算是他的幻想时间，由他吧。

还有一个老人

有一个社团举行座谈会，劝人省下钱来买公债，政府需要钱才发行公债，买公债是把钱借给政府，爱国。

一位德高望重的老先生接到邀请，欣然前往。他早已把平生积蓄都买了公债，他把这些债券都带到会场，贴在墙上，表示以身作则，助长会众对公债的信心。他也在座谈的时候发表谈话，情绪兴奋，会众的掌声也很热烈。

一切都很圆满。只是散会的时候，他老人家心满意足地回家，把满墙的债券忘得一干二净。（都是无记名的债券啊！）等到忽然想起来，再回去寻找，哪里还有踪影？

还有一个老人，他长年订报，天天看报，看过的报纸不丢掉，平铺在一张桌子上，重重叠叠，从此也不再翻动。他除了存报纸，还存现钞，他把省吃俭用留下来的钞票夹在旧报纸里，如果小偷来了，怎么也不会注意这一堆发了黄的、积满了灰尘的废纸。

慢慢的，他忘记里面有多少钱了。慢慢的，他忘记里面有钱了。当然他也忘记告诉儿女，他的儿女不知道旧报纸就是保险箱，捆起来交给垃圾车了。

有一位老人是大教授、大画家，家里挂着许多值钱的名画。老人忘了锁门，小偷进来，把张大千一幅山水偷去了。老人居然忘记把客厅里悬挂的徐悲鸿画作取下来，一个星期以后小偷再来，把这一幅又偷去了。

还有一个老人，他去世以后，子女发现他的床垫下面有一百多张过期的奖券，老人家生前爱买奖券，买回来随手塞在床垫下面，忘记了。他的女儿一半是好奇，一半也出于对老人家的思念，从网站上找到资料，一张一张慢慢地核对，居然发现有一张中了大奖！可是奖券公司规定，中奖人必须在一年之内兑奖，过期无效。这位女公子对人家说：你看，这就是命运，你不信不行！

老人的记性不好，但是，你什么都可以忘记，千万别把"我的记性不好"忘记了。既然记性不好，有许多事情不必去做，不必到公共场合去炫耀你的财物，进一步说，你也根本不必再亲自持有那些债券了。好好收藏你的财物，但是不要为了欺瞒小偷，连自己也瞒骗了。

老年健忘，本是天赐的一种幸福，就像童年的朦胧也是一种幸福。后来职场如战场，情场如战场，商场如战场，没有记忆不能战斗，职业学校有一门课程，如何增强你的记忆力，就是出征前增加你的装备。老年，退出战场，带着记忆，带着你的刀伤，别人的血痕。记忆浑浊，遗忘来澄清。记忆是捆绑，遗忘来释放。记忆有压力，遗忘来化解。有些人忘不了，求助宗教，苦修多年还徒劳无功呢！

老了，你我在享受这一份老福的时候，别忘了有些事情不能再做。什么是"老"？文字学者，心理学家，政府机构，世俗眼光，各有定义。查字典，六十曰老，七十曰耆，八十曰耋，九十曰耄。幼年青年中年老年，日本人在中年后面加了一个富年，老得慢一点。退休应该算是一种老，因为你我开始领养老金了。

老年生活第一要简单，假如可能，许多事都要在面临退休之时办妥，例如房顶该换修了，老树的树根把人行道的水泥撑高了，牙齿该拔、假牙该装了。这样，"由此到永恒"必须要做的事就没几样了。退休是个关卡，别老想"等退休以后再说吧"，那样也许越拖越久，也许就多跑路、多操心、多花冤枉钱了。

人到老年要提醒自己，任何讨巧、方便、占便宜的事，都不会再临到咱们身上，岁月无情，发生奇迹的年代已离咱们远去，因此，电话推销一律不理，换一家电话公司可以省多少钱一律不谈，"恭喜你中奖了"一概不信，什么投资、放贷、借款一律不碰，甚至连信用卡也可以缴毁，省却麻烦。

老人最好少去闹市，那地方拥挤碰撞，地脏路滑，行人踩掉了你的鞋子也不道歉。住宅附近散步可达之处，该有消费区，好在也没有多少东西要买，水果也许贵一毛两毛钱，药品也许贵一块两块钱，认了吧。有些老人腿软脚慢，还随身挂着一个大皮包，不妥，奉劝能少带一样就少带一样，以全部装进一个小型钱包挂在胁下为限，外面穿宽松的上衣遮住钱包，以免不肖之徒起意。

八月，美国有个"耆老预防诈骗宣传周"，教老人自己保护自己。九月重阳，中国有个敬老节，教大家保护老人，用意都很好。请恕直言，世风不古，靠人不如靠自己，但愿耆老们都防守有方，百毒不侵。

在外边，一个人退休之后不再搬家，不再投资，不再改行，不收养子女。他也不必再买奖券，即使能中大奖，那么大的年纪突然有了这么大一笔钱，也是灾难。这些事都该在退休之前办好。从今而后兴利不如除弊，一动不如一静。他闲着做什么呢？那是另一篇文章。

说到战场，退役将领归田，总觉得他还有韬略未尽，还有功业可立，假使如何如何，还可以如何如何。这当然值得同情，但未必值得同意，我不明白老马伏枥、志在千里如何成为褒词。这就说到还有一个老人，一位退休的老教授，他的爱徒劝他创办一所私立的专科学校，先办夜间部，后办日间部，最后可以扩充为完全的大学。这个爱徒说，以老师的声望，可以借用某某中学的教室上课，可以请到某些明星教授兼课，可以号召多少学生排队报名，日进斗金。一席话让老教授意兴飞扬，不信青春唤不回。老教授把所有的积蓄拿出来交给爱徒，一面招生试办，一面申请立案，结果怎么样？立案没有批准，资金完全赔光。

说　狗

每隔一段时间，媒体就会出现这样的新闻：

有位太太，患了严重的哮喘病，她在浴缸里泡澡的时候突然病发，失去知觉，很可能淹死，幸而她养的小狗拔掉浴缸的胶塞。她醒来时浴缸里没有水，小狗全身湿淋淋，口中含着浴缸堵水的塞子。

有位太太，常常带着食物到街上去喂流浪的野猫野狗。后来她因病去世，忽然有一群狗来到灵堂，默默地坐在旁边，并且尾随灵枢，送到火葬场。

一对夫妇外出，忘记炉子上正在煲粥，结果冒出浓烟及焦臭。幸而家中有狗攀高到窗口对外狂吠，惊动邻人报警，消弭了一场火灾。

别说这些不过是偶然，真正偶然的情况在后头：全家外出，客厅里留下狗。那狗发觉厨房起火，跳起来扑向挂在墙上的电话机，电话机掉在地毯上，狗又去扑打键盘，对着话筒狂吠。居然拨通了紧急服务的号码，值班接线的人居然查出电话的地址，通知管区警察，居然警车立即出动。以后的发展都是当然，不必细表。电视记者特地去访问这个家庭，让那狗对着镜头表演打电话的经过，在节目中放映。

老人独居，尤其是退休以后，若是觉得房间慢慢变大了，家具忽然缩小了，空气慢慢被人家抽掉了，那就养只狗吧，让屋子里有了继起的生命，狗不知富贵贫贱，与狗相处也就没有炎凉冷暖。狗不偷不抢，不争不夺，也不搬弄是非泄露隐私，那感觉很好。狗来了，巡视每一个房间，用嗅觉认识每一件东西，围着你转，用鼻子碰你，由脚到脸。狗的嗅觉灵敏，人所共知，小说家莫言知道的特别多，他在那本叫作《生死疲劳》的名著里写一只狗，主人从外面回来，狗能知道主人跟谁在一起吃饭，吃什么菜，喝什么酒。女主人送孩子去上学，再由学校去上班工作，狗能发觉女主人的气味沿途留下一条细细的河流，可以循线追踪。狗凭嗅觉建立档案，它进门以后，用鼻子向你输诚，从此你在它那里塑立了偶像，它对你立下海誓山盟。这个感觉很好。

在人间，狗以忠诚著名，如果你订报，随时可以看见它们留下的纪录。一个家庭到五百里外旅行，带着他们养的狗，在外面，他们的狗走失了！全家怏怏而归。没想到，几个月后，他们的狗回来了！它怎么能找到路！看得出它一路上受了多少苦。还有一个人，养了狗，每天上班的时候把狗关在门外，下班回家再准它进来。这一天它怎么活呢？街头有个鞋匠摆了个摊子，中午吃饭的时候拿些食物喂它，它也一直趴在摊位后面陪那个鞋匠，可是，只要它的主人下班回来，它立即跑过来摇着尾巴欢迎，大门刚打开一条缝，它一个箭步冲进去，天长日久，从来不肯进那个鞋匠的家，作家琦君女士在她的文章里特地为这只狗树碑立传。

美国剧作家尤金·奥尼尔，得过诺贝尔奖，他写过一只狗的遗嘱，我读到星云出版社的译文，警句很多："身为一只狗，惟一能做的就是永远爱他的主人，希望主人永远快乐……在我的有生之年里，曾极尽所能地安抚他们悲伤的时光，只为了在他们的幸福里增添喜悦……不管我睡得多沉，依旧能听到你们的呼唤，所有的死神都无力阻止我，兴奋快活地对你们摇摆尾巴的心意。"一代文豪代狗立言，用拟人法尽心表述狗对人的忠诚，令人动容，显见他喜欢狗，了解狗，与其说是他写狗多么感谢人，不如说是他写人该如何感谢狗。

家中有狗，早上，它叫醒你起床；出门，它跟你握手；进门，它给你衔拖鞋；晚上，它陪你看电视。你若落水，狗会跟着跳下去。不喜欢自己运动？狗陪你玩球，你把球抛出去，狗替你衔回来，往返奔波，永不疲倦。有人问为什么说走狗？为什么不说走鸡走猫？因为只有狗可以为你跑来跑去，王安石有一句"斗鸡走狗过一生"，狗赛跑可以成为观赏的节目，两军阵前，狗可以在敌人射程内传送情报。女作家姚葳养狗有创见，她发现狗还可以驱逐你不欢迎的客人，原来狗与人相处，能发现谁是强者，会看强者的脸色。进门访友，如果他家的狗对你狂吠不止，或者狗在你对面的沙发上箕踞而坐，呲牙咧嘴，舌头吊下来，雄性生殖器坦然向人，你下次不必再来。并不是狗眼看人低，乃是狗主人的眼把人看低了，奔走权贵之门，最令人伤心的是他的狗。

说到运动，想起遛狗，狗需要散步，主人最好陪它散步，散步不但有益健康，还可以跟一同出来遛狗的邻居说说笑笑。现代社会格子化了，每个人住在一个方格子里，老死不相往来，黄昏下班人行道上偶然相值。遛狗，街坊邻居因此每天有一段时间联谊，当然很好。据我知，狗曾经促成一对佳偶，独居的男子和独居的女子在遛狗时相遇，两人本来点点头交臂而过，可是两个人的狗很亲热，两个人也只好停下来说些闲话。后来怎么样，我不说你也明白。

现代人养现代狗，狗和主人一同生活，狗是家属的一员，人如同养了一个孩子，狗猫都是毛小孩，诗人简政珍有诗咏叹爱犬，题目是《弟弟》。既然人狗一家，你得照自己的生活水平拉抬狗的生活水平。咱们得给它布置一个舒适的小窝，台湾风景区有一家度假旅馆，名叫狗窝，居然招徕很多旅客。咱们得照顾它的大小便，它的厕所要和咱们的厕所一样干净。咱们得供应专卖的狗食，狗吃的罐头比人吃的罐头贵。咱们得给它洗澡，用吹风机把它全身吹干。咱们得带它看医生，打预防针，生了病陪它住院。咱们得常常抚摸它，亲吻它，拍拍它，用关怀的眼神看它，维持它的好心情。然后，狗和人的相感、相应、相依、相知，你一人独享。狗有回报，人爱狗，狗也爱人，用莫言的说法，狗是人的宠物，人也是狗的宠物。

别小看了老人养狗，这也是人类进化史上的大事。人由千红万紫，到断鸿零雁，秋水白芦，没人关心他了，也没人需要他的关心，他心中还有爱，"爱"这样东西奇怪，你不能自己留着，舍生忘死也得送出去，人同此心。老年寻一个无害的出口，那就是狗，或者还有猫，今生今世一相逢，遥接历史上的无数。 别笑他把政治学经济学换了养狗手册，里面藏着一粒种子，一点爝火，种子不死，可以锦江春色，星火不灭，可以万家光明。

作家谈猫

　　歌舞剧《猫》（*Cats*）上演的时候，我跑去看了一场。这出戏非常卖座，在纽约演了7485场，伦敦演出8949场，上海53场，北京9场。

　　虽说歌舞剧以音乐（包括歌唱）、舞蹈、化妆、布景为主，情节照例简单，但《真善美》仍有贯穿全剧的悬疑，《歌剧魅影》仍有惊悚的高潮，《万世君王》仍有强烈的人物形象，即使童话般的《天鹅湖》，也有一个完整的故事骨架，一贯引导、承载观众的注意力。在这方面，《猫》显然不足，它是把演员转化成动物，继承、发扬了人对猫历代蓄积的好感，这才后来居上，惹无数人谈论、引用、传诵。"满台都是猫"有现实根据，猫群有秘密聚会，其中有领袖，朱天文女士写过猫咪聚会，把其中一个猫老大当作主角加以描绘。

　　猫喜欢清洁，艾雯女士写猫洗澡，它自己用尽各种姿势舔周身的毛，使人联想到芭蕾和瑜伽（作家赵赵的反应是：简直想替它舔遍全身）。猫，最撩人的是它的姿态，在地毯上走几步，锐敏的作家就认为风情万种，啧啧称叹。张欣云女士爱看猫自己捉自己的尾巴，在地上打圈，长手长脚长身体卷成球，打成结，翻来覆去。这时候应该想起舞蹈。诗人简政珍看猫用尾巴在地板上打拍子，空气中流转着女高音的咏叹，他联想到音乐。心岱告诉我们，多位大音乐家，像多梅尼科·斯卡拉蒂（Domenico Scarlatti）、安东尼奥·罗西尼（Antonio Rossini）、普罗科菲耶夫（Prokofiev）、柴可夫斯基，都从猫得到灵感。我明白了，歌舞剧为什么用猫作主体，而不是狗。

　　前人说"男子爱狗，女子爱猫"，今人也说一个人豢养的宠物，流露饲主的个性和风格。这几年我随机阅读名家散文，看他们写自己怎样与猫相处相依，像朱天文女士，出名的小说家，昼夜到街巷中救流浪猫，做长年志工，一路写来，令人盎然有趣，怦然心动，爽然若失。像心岱女士，游走列国寻求猫的文献，收藏猫形的艺术作品，俨然百年事业。由此得到一个印象，好像应该说武人爱狗，文人爱猫。文学作家感觉锐敏，语言细腻，在他们笔下，腐草朽木都能使人悠然神往，何况猫也有人性、人也有猫性？既然爱他们的文章，不爱猫也难。

请看朱天心笔下的猫："黑夜里看就是只黑猫，有光之所在呈现的是炭黑中隐隐的黄或橘，似琥珀似掐金丝工艺。"张欣云笔下的猫："它的眼睛如浅蓝的宝石，镶嵌在一张黑脸上，湿溜溜的鼻头泛着微光，白色的猫须挺拔健美，由面颊两旁射出，勾出一张黄金比例的俊脸。"作家看得仔细，没有两只猫的形貌相同，一般人只想起圆圆的脸庞、大大的眼睛以及蓬松而圆润的头部，没有差别。学者们另下一番功夫，把猫的脸型归纳成几类，这些脸型都呈现在歌舞剧《猫》的舞台上，满台是猫，集合了不同的猫，其中自有你最喜欢的一只。

人与猫相处，难舍难忘，还是看作家们的描述。李屏瑶说："我在屋子里移动，它跟前跟后，倒水跟过来看一眼，开冰箱跟过来看一眼，翻书它也凑得很近，有时候我干脆念给它听，不免觉得再过几年此猫就可以识字。"在陈河笔下，猫伸出爪子打了他一下，"它的爪子软软的，指甲还是藏在肉里"。这哪里是打？这是抚摸。艾雯女士形容，猫嫩红的脚趾就像"未沾上一点尘土的花瓣"，夏宇形容，那是

"嘴唇一样的肉垫"。第三类接触，使人胸中块垒化为天上浮云。

李屏瑶还说："猫咪坐到腿上了，猫有发展完善的猫体工程学，会自己变成腿的形状。"意思是难解难分了。诗人夏宇说，为了猫牺牲诗，因为猫睡在键盘上。一个美国作家则说："我之所以能写出这么多东西，是因为猫咪总爱坐在我的膝盖上，她打着呼噜，我不愿起身惊扰到她。"张欣云的猫紧紧地依偎在她身旁，她"沿着它嘴巴的边缘慢慢搔到下巴脖子，它会舒服得眼睛眯眯，胡须抖翘，一副沉醉享受的模样，令人怜爱"。杨索和银色快手对谈猫经，他说："观察猫的眼神，耳朵转动，尾巴甩动，都是猫的语言，久了可以解读。"银色快手则说，"猫是合法的毒品，与之相处会上瘾"。此情此景，要下多么大的狠心把猫赶走？难怪有一位作家为之惊呼，他为猫"沦陷"了！

人心是肉长的，总有伤痛，这时候，别人的安慰没有用，语言是粗糙的工具，絮絮叨叨，隔靴搔痒。所以，有人生病住院，婉拒亲友探视。晚年，最后，托尔斯泰想单独待一会儿，他离家出走。想当年看电影，看见女主角伤心啼哭，身旁的人马上走开，轻轻替她关上房门，当时看不懂为什么。这时候，如果一只猫跳到膝上来，那就不一样，它无声无息安慰人的心灵。据林静宜女士整理报道，正因为猫不会说话，人更能卸下心防，对不会说话的动物，倾诉他们心中的情感。杨索说只要磨蹭肥猫的肚子，情感的五痨七伤都会血脉贯通。陈河透露一项秘密，猫的体温比人高，这样，"温暖"就不只是一个形容词。夏目漱石平生爱猫，陈铭磻游文豪故居，称夏目漱石为"被流浪猫拣回灵魂的男人"。猫为人抒解压力，十分有效，银色快手透露，以前咖啡馆设有吸烟室，供顾客吸烟解压，现在吸烟有害已有定论，咖啡馆鼓励戒烟，以后会在吸烟室养猫陪客。

猫有它的"神秘"。简政珍说，猫的眼神是前世的凝视，望穿圈圈的轮回。美国作家黑兹尔·尼科尔森（Hazell Nicholson）说"猫是无解之谜"。银色快手：猫跑跳无声，来无影去无踪，夜半脖声，像是秘密通讯。猫的魅力来自它的神秘。刘克襄的作品表现草木鸟兽，见人所未见，他发现老人们聚在一起，总有一只猫躺在他们中间，猫像黏合剂。男人出门在外，起初为了老婆想回家，后来为了孩子，最后为了猫。一个公开的秘密，从前寺院里养猫，因为寺庙愈古，老鼠愈多，啃食供品，污染经卷。菜市场里有一种小鱼，俗称猫鱼，我幼年时期常见出家人购买，大家都能理解。那年代常有贫穷人家把五六岁的孩子舍给寺庙为徒，庙里有一只猫，拭去小沙弥多少眼泪。

博学的心岱说，中土本土没有猫，猫是外来的移民。她还介绍阿拉伯学者的话：猫是神用来驱逐老鼠的掩护。你我都不会忘记，咱们中国的民间传说，很久很久以前，中国老鼠太多，人民不能安居，猫是老鼠的天敌，可是只有天帝座前一只御猫。中国人爱孙悟空，又不能否认猴子狡猾，于是派给他一个任务，他对天帝的御猫说，下界多么热闹，多么好玩，怂恿御猫前往度假，拍胸脯做导游，并且保证把御猫送回天上。御猫听了孙悟空的话，来到人间，可是孙悟空一个筋斗云不见了！御猫只有世世代代在凡间为人类捕捉老鼠，据说它那呼噜呼噜的声音，乃是，"许送，不送！许送，不送！"抱怨悟空食言。悟空有恩于人，有负于鼠，人类只有更喜欢悟空，更怜爱猫。现代家庭没有老鼠，有老鼠也不用猫来捉，猫用它捕鼠的本能扑蚊子，捉苍蝇，捕蟑螂，追壁虎，猫中之佼佼者还能扑杀麻雀，千姿百态，化作舞蹈游戏，供人观赏。人与猫同是天涯，相见相识，相助相亲，生生世世的报答，以两心契合补天地缺憾。故事的下文是，中国人长于烹调，什么飞禽走兽都可以杀死做菜，惟有猫，大家都说吃了猫肉死后过不去奈河桥。

异域的土壤故乡的花

很多人退休之后马上搬家，从离公司近的地方，搬到离儿女近的地方；从气候寒冷的地方，搬到气候温暖的地方；从生活费用昂贵的地方，搬到省钱省税的地方；从人比花草多的地方，搬到花草比人多的地方。

退休后的新生活，要做一些以前没有做过的事情，例如种花。搬家，找房子，莫忘了有个小小的后院，它是你最后的领土。看种子发芽，看花蕾展放，看蝴蝶飞来，看你自己还能制造一番风景，看你一生相信的因果律依然有效，这是暮年最大的安慰。退休的人，即使他曾是国王，他也需要安慰。没有什么人可以安慰他，只有花草、宠物，也许还有音乐。

种花，都说一年之计在于春，等到亲自做园丁花农，才想起有历书的春天，有生活的春天。在制定历法分判四季的那个地方，立春、春分都还不能种花。我学种花，有些花要在头一年秋天种好，大部分花要在母亲节下种，这个日期使我深切体会"母亲"的意义。母亲节，各国日期不同，大部分国家定在阳历五月，这时已经是初夏了。

俗语说花无常开、花无百日红，院子虽小，种花要每一个季节都有花开，看她四时代谢。要种梅花，她开得最早，你也可以说开得最晚，"已是悬崖百尺冰，犹有花枝俏"。你要闻见那一股淡香才知道她开，你想出去看看，胸中升起踏雪冒寒的豪气，这股气整年不散。也种一棵迎春花吧，她在冰天雪地中与梅花齐名，长条拱形下垂如盖，小花密集，温柔的淡黄色，比梅花更像一个报春的天使。

梅花、迎春花谢得早，冬季很长，种几行郁金香跟春天连接吧。这花的名字取得好，球根，多年生，种下去很省事。品种很多，我特别看重她在百花之中那独有的红，论色彩调配，在冬天这块枯燥的画布上，梅花的白、迎春花的黄，再加上她的一点红，才极尽国色。桃花也红，但不似她花瓣大，姿态丰满，除了外在美还有内在美。

春天，桃李杏春风一家，但小院中不宜种大树，树底下种花，日照不足。就由郁金香把冬天和春天连接起来吧，这时不由人想念杜鹃花，她是丛生的灌木，枝条很多，花开在枝条上也成团成簇，红色深深浅浅都很艳丽。能野生，也多少带点野性，别名映山红，有些地区让她在整座山上尽量繁殖，太阳照上去，尘世有神话中的繁华，河山果然锦绣，她也因此跻入中国的十大名花。这花迎进小院，也让她三棵五棵结伴成伙，喧哗呐喊，夏天也该来了，既热又闹，造成高潮。颜色嘛，已经有白有黄有红了，选紫色吧。

夏季号称红瘦绿肥，意思是说花谢了，只见叶子。这才显出玫瑰重要。玫瑰上有牡丹，不像牡丹那样娇贵难养，下有蔷薇，载有的文化讯号比蔷薇多——想想那些神话、诗歌、爱情故事！而玫瑰的花姿兼有牡丹和蔷薇的那么一点儿意思，正因为院子小，反而一定要给她留一个位子。玫瑰花期很长，枝头开了又谢，谢了又开，直到"夏日最后的玫瑰"，生命力很灿烂。围几平方英尺的土地权当你的玫瑰园，夏天没有遗憾。至于花的颜色，几棵映山红已经把冬季的残象扫尽，夏季炎热，人心容易产生"热恼"，就不要再选红玫瑰了。

秋天，"秋月扬辉桂一枝"，桂树不止一种，开花的时候还没有多少秋意，只有一种四季桂才有"傲霜雪"的机会。如果种花不种树，那就只有菊花，本来菊花并不出色，只因为有一段"阴气上升、阳气下降"的日子太长，这才抬出菊花填空白。菊花既然上了台面，自有专家用心培植，除去蓬头粗服，现代更有杂交甚至原子辐射产生新品种，今天的菊花已不只是淡，不只是瘦，也俨然国色天香。种菊，我倒建议选红选紫，新品种的菊花满足了我们审美的要求，其红其紫，润而有辉，菊花不再是来收拾残局，她是承先启后，后院不见萧条。

好了，拿古人的诗句修改两个字，开到寒菊花事了。退休的人倒也不要看轻了用"万里平戎策"换"东郭种树书"，后院种花，其中有格物致知修身齐家治国平天下，能把这块巴掌大的园地管好，就是和"天行健"的脉搏一同跳动。

义工志工一家亲

　　这里有一个人，退休以后很郁闷，担心自己快要生病了。某一天，有个朋友来看他，约他到公园里走走。

　　进了公园，发现里面有许多人，每个人拿着扫帚，他的朋友也去拿，顺手也给了他一个。原来这些人都参加了义工组织，到公园里来扫落叶。义工是志愿工作，义务工作，为公众付出，不求回报。他这个人一辈子从来没有用过扫帚，抓起来试一试，倒也很顺手。想起电影上看过的画面，古寺和尚扫院子，姿态很好看，不知不觉就跟着大家扫起来。

　　一面扫落叶，一面呼吸新鲜空气，顿时觉得心旷神怡，耳聪目明。一面扫，一面觉得肌肉恢复了弹性，消化系统和循环系统都还年轻。慢慢扫，和并肩工作的人谈天，三言两语居然很投机，发现有人是同乡同行，来做义工，见面三分亲，不来做义工，咫尺天涯。扫着扫着开始出汗，原来汗水教人快乐，可以用"津津"形容。

中午就地野餐，吃义工团体提供的饭盒，劳动之后，食欲也格外津津。欣赏干干净净的公园，很满足，有人给这种满足叫成就感。抬头看树，正是落叶的季节，枝条稀疏劲俏，显得"天朗气清"，以前只是认识这四个字。领队的人说，明天，这地上又铺一层，咱们把这座公园包下来了，明天再见。当然再见，为了锻炼身体，结交朋友，欣赏风景，这里并非只有落叶。

到公园里扫落叶，好像是大事一件？不经一事，不长一智，落叶盖住草坪，青草会发黄。落叶铺在公园里的小径上，遇雨潮湿打滑，孩子、老人和坐轮椅的人走在上面不安全。如果不下雨，干燥的落叶随风堆积，又容易引起火灾。

这个第一次来做义工的人不免好奇：政府有专设机构管理公园，何以要义工来扫落叶？不经一事，不长一智，这才晓得现代政府号称福利政府，推行各种公共建设，都市不能只有高楼大厦，也要保留一定的空间种植花草树木，由它们吸氮吐氧，称为"市肺"，市肺也是市民之肺，也是自己的肺。每一项公共建设都要花大钱，政府没有那么多钱，义工来补政府人力之不足，维持市肺也就是维护市内新鲜的空气，你到公园里来做义工，可以增进市民的福利，所以做义工还有一项收获：赢得小区的尊重，不求回报而自有回报。

来做义工，才知道义工时时都有，处处都在。慈善机构办园游会，由大街上发传单，门口收票，在园里面做向导，都是义工。园游会设了几十个摊位，家庭主妇来卖点心，画家当场作画，作家当场签书，园艺家当场插花，都是义工，不要报酬，或者只收一点成本费。还有那千万家庭，早晨家长上班，孩子上学，家门深锁，下午孩子放学，家长还没下班，政府鼓励民间团体办理课后辅导，以免孩子们在街头游荡，自有学音乐的人来教音乐，学画的人来教绘画，学武术的人来教跆拳，他们不要报酬，或者只收一点车马费。

由仁民到爱物，有一种义工专门照顾流浪的野猫，跟这种猫取了一个文雅的名字，叫街猫，自称猫友，有人更谦卑，自称猫奴。这些人自己花钱喂街猫吃饭，给街猫结扎，劝沿街居民善待这些毛孩子。为什么不通知衙门捕捉呢，政府里有个机构管这件事，流浪的动物一旦落入他们之手，他们定一个期限找人收养，过了期，他们就给无人领养的毛孩子来个安乐死，猫友猫奴于心不忍，安得广厦千万间，只有尽心焉耳矣。

来做义工，才知道义工别有天地。有人到孤儿院教孩童唱歌，可以想象那滋味多甜蜜！忆当年维也纳儿童合唱团到美国演唱，轰动一时，有个美国人说，这有什么稀奇！我家的黄莺也会唱歌！黄莺唱歌不稀奇，黄莺对着你唱就稀奇；黄莺自己唱歌不稀奇，黄莺跟你学唱歌就稀奇。把人当作动物并不难得，把动物当人那才难得！两者并不站在一条横线上。孤儿院最缺少歌声笑声，你能输送其一，歌声响起，人间就是天上。

来做义工，才知道有个团体专门陪盲人散步，这些人不叫义工，叫志工，志工义工一家亲。现在盲人有尊称，叫"视障者"，他只是视觉有障碍，除此之外，四肢百骸正常，不该整天囚在小房间里。每星期一次，志工上门问候，今天想到什么地方走走？两人一面走，一面聊天，志工沿途解说，这条马路刚刚翻修。另一个说新马路有新马路的气味，我闻得出来。志工说，现在时兴慢跑，刚刚有个运动员和我们交臂而过。另一个说我知道，他带动了一阵风。走着走着，志工停下来，这里有一张椅子，要不要坐下来休息一下？以前，这条街两旁，每隔一段距离有一张长椅，给行人歇脚，后来不知怎么都拆掉了，这里还剩下一张，很难得。另一个忽然倾耳，这里怎么会有音乐？这一个恍然，前面新开一家商店专卖电子产品，音乐戏曲都录成了CD。另一个欣然，要去看看，店门口掏出钱包，这张CD我喜欢，请你替我买一张。好，你不用掏钱，一张CD很便宜，我送你啦。你看，有人说义工志工都是付出，这句话还得加上几个字，欢欢喜喜的付出，"人之初，性本善"，想完全推翻也难。

志工，义工，各种年龄、各种身份都有人参加，有一个焦点对准老人。现代人长寿，60岁或65岁只是"假老"，退休了，突然觉得人生没有意义了，无事可做，只有生病，心理疾病导致生理疾病，生理疾病加深心理疾病。如此老人，一家苦矣，家家有老人，一路苦矣。于是医界有所谓意义疗法，只要帮他找到人生的意义，许多病人很快就会恢复健康。有些话我说过，别人也说过："每天醒来想起有事要做，很好！""觉得还能爱，还能付出，为这个社会所需要，而且在工作中有新体会，新贡献，有新故事可说"，善哉！这就是找到意义。人生可以没有钱，可一起没有权，必须有意义，没有意义，每个老人都是社会的隐忧；有意义，每个老人都是国家的祥瑞。

他们还在阅读

别说老人不读书，他们还在阅读。

"昨日入城市，归来泪沾巾。遍身罗绮者，不是养蚕人。"

早年一面读一面幻想，这边是罗绮，那边是粗棉布，统统扒下衣服来彼此交换。

后来，也许是中年吧，知道劳动时不能穿绸穿缎，那就不必养蚕了，养蚕人家都去种棉花，罗绮和粗棉布都换细棉布。

最后想想，中国因为独占蚕丝的秘密而提高了文明，繁荣了经济，蚕丝事业不能废。遍身罗绮者不养蚕，他养活那养蚕的人，间接养了蚕。不是长白山的猎人不能吃熊掌？不是冰岛渔夫不能吃鳕鱼？没有那回事。

知道有人会追问，穿绸缎，吃熊掌，他的钱从哪儿来？一言难尽，那首绝句载不动。

说到钱，想到几位大人物。蔡元培，曾任国府委员、司法部长、教育总长、大学院院长、中央研究院院长、北京大学校长、北京图书馆馆长。晚年旅居香港，生了病后没有钱医治，去世时没有钱买棺木。

胡适，曾任北京大学校长，抗战时期担任驻美大使，常靠借贷过日子。后来到台北担任"中央研究院院长"，因心脏病发突然逝世，身后只有135美元。

梅贻琦，曾任教育部部长、清华大学校长，负责筹办清华原子科学研究所，运用数额巨大的基金。生活极力节俭，不能照顾在美国打工的太太。病逝后，秘书当着众人，打开梅氏密藏在医院床下的皮包，里面是基金会的账目，一笔一笔清清楚楚。

早年读他们的事迹，认为执政者失职，怎么可以让这样的人陷入极贫。晚年再读，认为这些人怎么可以把自己弄得这么穷，妻子儿女受苦，国家也蒙羞。

"家祭无忘告乃翁"，早年读了，觉得将来会有很多话可说，一纸祭文怎么写得完，得有本书烧给他看。

晚年再读，觉得家祭不必告乃翁，乃翁也不想听你说什么，斗酒寸豚来格来享可矣，他也未必真来。

人的一生自成段落，自己签的账单自己付清，付不出来就以宣告破产结束。儿女赤条条来，他的生命重新开始。

"儿女是上帝的，我们只是保姆。"且慢！这句话到处传诵，那人未必信神，今天世界上真正相信有神的人很少，他这句话是文学修辞，他只是找一个对象替他负责任。甚至有人表现的不是宗教信仰而是幽默感，意思差不多是把儿女交给X。

阅读，想到钓鱼。早年阅读，觉得他钓到了我。中年读书，觉得我钓到了他。晚年读书，不见钓丝钓饵，如鱼在水中吮吸天光云影。但是，读海明威的《老人与海》，目眩神夺，但觉一头是鱼，一头是人，不知谁钓到了谁。

青年阅读如驰马，老年阅读如泛舟。青年读书如扫落叶，老年阅读如拾苹果。青年阅读一切书都是速读，老年读一切书都是慢读。他们还在读书，换了水晶球，拿起放大镜，戴着老花眼镜，点上人工眼泪。你们的写作成绩，他们的生活乐趣，读到你们的好句子，他们的言谈都是和声。慢！饮食如品美酒，行路如踩钢丝，说话如数钞票。慢中别有滋味，像读医院的账单那样读书，这才看见著作者的匠心隐喻都彰显出来，听见著作者的弦外之音。一切字都放大，这才发现中文更多的美。

童年读童话，看月亮，觉得嫦娥可爱，吴刚这个人无趣，总得想个办法把他赶出月球才好。

看人物工笔画，嫦娥穿的衣服那么单薄，广寒宫那么冷，时时担心她感冒。

航天员登月后，大家都说广寒宫的神话破灭了，倘若一开始你就没拿它当真，它就永远不会破灭。偶尔用凭吊历史废墟的心情过中秋，人生中添了一味，也不错。天文学家预言：月球将离地球远去，成为寒星一点。那时，嫦娥吴刚失去了十二亿中国人的关怀，损失如何弥补？也许他俩因此谈个恋爱，结成夫妇了呢。

别说老人不读书，他们还在读书，只是不买书，书已是他们的奢侈品。他们读书靠因缘，例如说，走进图书馆，随手抽一本。你如果送他一本书，他一定看；如果送他十本，他可能一本也不看。台北市提倡读书的人曾经发起一个运动，要求作家出门带着自己的书，走到车站、医院、超级市场，随便留下一本，任人拣去，据说，这些书大半都归了老人。

看画也叫读画，看人也叫读人，看风景呢，也可以列入广义的阅读？花展宠物展服装展，常见有许多老年的观众，他们是聪明人，看见新事物，遇见老朋友，走来走去也是运动。闲来无事不妨逛一逛百货公司，他们针对老年人推出了什么样的手杖，什么样的枕头，你也许不该错过。

还有读计算机。说着说着，说到手机。现在手机太普遍，人们对手机太依赖，手机也就有了流弊。老话说"有汽车就有车祸"，保险公司说，车祸的原因有四十多种，除了突然发生天灾，几乎都是"人"犯了错误。学者说，如是，一个小孩子在马路上被汽车撞死，共有八种人要负责任。如是，正确的说法应该是"有了汽车，就有人犯错，有人犯错就有车祸"。

老人是犯错最少的人，就让手机做他颐养天年的道具吧。

有了手机，他"阅读"的范围更广了，世上真有那么多好心人，把世界各地那么多有益的、有趣的、可泣可歌的、可惊可骇的图画文字搜集了、编辑了，送到天下素不相识的人眼前来，那些工作者也许都是老人吧，他使天下老人越过小小的房屋，窄窄的街巷，低低的城郭，森森的国境，可以方寸游太空，高枕看名山，阶前迎国士。那时，天上无限，人间无数，皆是无字之书。

至于手机的流弊，对老人来说，也就剩下字太小，伤眼，买一台大型的屏幕跟手机连接起来好了。坐在沙发上低头看手机，对健康有害，有了大屏，那就站着读，或者一面甩手一面读，或者一面原地踏步走一面读好了。

望日轮冉冉远去

说来惭愧，我读书实在很少，一生最好的时间精力都用于逃难打工以及承受强者的压力，读书时常有罪恶感，自己觉得偷上帝的时间，偷老板的时间，偷家人的时间。若说也有"属于自己的时间"，已是筋疲力尽或者漏尽更残，50年代我写过一句话：我们是用"残生"读书。对书讯敏感，多少书的名字记在心里，等于风闻美景而不能游，向往美食而不能享。《文讯》月刊出了这么一个访问题使我触目惊心，"与书相约一生"，没错，可是我失约太多了。

有位网友也曾频频错过好书，他用"当年轻别意中人"描述此时的心情，令我怅然。大体上说，50年代出版艰难，"惊艳"较少，60年代、70年代知识爆炸，应接不暇，一个人若是意中人太多，他的感情必定掺水，逐渐寡情。80年代以后出版泛滥，身不由己，可以说情感麻木了。虽然如此，图书馆还是像医院一样可以治疗我的骄傲，经常进去俯首静坐些时，仍足以变化气质。即使每期《文讯》月刊到手，文学情报琳琅满目，也如头上繁星之天，为之低回。

70岁退休以后才算有了自己的时间，这才发下宏志大愿，既想"知新"，又想"温故"。古人"三余"读书：夜为日之余，冬为岁之余，雨为晴之余，我曾说还可以有第四余，"老为生之余"。祖德天恩，老而不死，总算熬到了时候，"残生读书"果然应验。这时候精力和记忆力都减退了，好在我不做研究，读书便佳。

老年阅读我有三大目标。

我在50年代读过一些西洋文学名著，我只能读中文译本，我读得十分辛苦，甚或痛苦。名著怎会如此？当时惶惑莫名。80年代，台湾的新生代翻译家多人出面检讨他们的前辈，指出早期译本的各种缺点，我这才知道自己为劣译所误。有人说要读原文莫读译文，这话不切实际，吾人岂能先精通俄文、法文、德文而后读屠格涅夫、巴尔扎克和歌德？

我的第一批书单就是寻找更好的中文译本，重读当年读不下去的那些名著。我找到杨绛的《唐吉诃德》，草婴的托尔斯泰，金人的《静静的顿河》，傅雷的《约翰·克里斯朵夫》，汝龙的契诃夫，汤永宽、周克希的福楼拜。可是陀思妥也夫斯基仍是那个误尽后学的耿济之！我爱屠格涅夫，他的小说里往往有中国人熟悉的东方气氛，译家分散，几乎一人一本，也不知高低深浅，只好都买。

到了60年代，"现代主义"支配台湾文坛，偶像大师改朝换代，小说创作的金科玉律几乎全推翻了。这种改变印证了前贤所说的"文无定法"，给写小说的人一个新领域，但是也使小说的中文译本更难赏心悦目，读这种小说要态度严肃，而且受过某种训练。我认为这一变革对小说作家有利，对小说读者有碍，我几乎恢复了写小说的野心。那时中文译本很少，我多半是从别人的批评介绍中认识这个新品种，后来我的第二批书单就是要读到那些作品。

根据60年代的憧憬，我委托乡亲杨传珍教授购书，首先买来普鲁斯特的《追忆似水年华》，译林版四大册。接着是叶廷芳主编的《卡夫卡全集》，十大册。还有吕同六主编的《二十世纪世界小说经典》，四大册，楼肇明主编的《博尔赫斯文集》，三大册。我从图书馆找到李文俊的福克纳，"志文"版的卡缪。《尤利西斯》是出了名的难译，我把金堤的译本和萧乾的译本都买了。行了，我也只是这么一点儿容量了。

这些译本的中文大都很"好看"，相信这足以证明译笔一流。有些书像《尤利西斯》，像《喧哗与骚动》，读时必须放下执着，如乘一叶扁舟，无须操桨掌舵，水往哪儿流你顺着往哪儿走，凭窗但看时空变幻。有些书中人物场景40年前耳熟能详，而今亲历恍如前生曾经。有些情节恨40年前未见，有些警句又庆幸补40年前未读。今天读这些书，既非为了学习，更非为了研究，但观大略，无须担心字句是否谨严妥帖。对于我，这些已是"闲书"，读闲书，人生一乐也。对我这样的读者，译本好比塑料奶嘴，译笔好，含在口中的感觉比较接近母乳的奶头，流进来的是牛奶，即使奶嘴的"口感"欠佳，但只要一直含着，总有些牛奶流入口中。

紧接着就是"后现代"了！回想起来，大概是台湾进入70年代，现代主义的创作信念又被反其道而行，"颠覆""解构"成为最时髦的口号。那时我正沉没在新闻媒体的工作之中，荒废了文学课程，"荒谬剧"看过两出，大师尤奈斯柯见过一眼，理论读过几篇简介，小说一本也没摸过。当时觉得，19世纪之末西方就有现代主义小说，那么久才传到台湾，后现代主义在50年代兴起，传入台湾又好像太快了。现代主义来势汹汹，江山还没坐稳，就遭到写实主义反扑和后现代的截杀，鼎盛期未免太短了。

后现代这口"气"比较长，行尽20世纪不见"后浪"。我抄下一串人名，也买了一些书，他们的小说更难译，因之我也觉得更难读，我面对昆德拉、博尔赫斯、马奎斯还可以困而知之，另外一些名家，单看批评家的推崇介绍，我就注定要下愚不移了。他们的理论倒也易懂，他们据以写成的小说为何这样难懂？理论和实践之间我没有渡船。

听说中国大陆也有"后现代"作家，算是不得已而求其次吧，不遇本师遇传人，不遇父祖遇苗裔，鱼亦我所欲也。我早先读过林耀德、平路、莫言、韩少功，后来再找残雪、马原、王小波、孙甘露、曹志涟，略窥梗概，一览众山。中国化了的后现代，或者说局部化了的后现代，是驯服的烈马？是摹写的兰亭？以我的饮食经验，中国人做的西餐比较好吃，我喜欢。

以我个人的经验，老年阅读，温故容易知新难，凡是早年读过的书，今天不厌重读，有什么新版本、新译本、新注释、新考证，也都还能吸收，若是新潮创作，过眼入脑而不能印心，没多久就忘记了！也就是说"底盘"固定，不能扩大，可以堆高。休怪老人固步自封，他有生理条件限制，任我是夸父，此时也只有颓然作罢，望着日轮冉冉远去。我常劝人40岁以前多读书，圈子画大一点，老年才有很多书可看。

胸中犹有少年事

人由童年到老年，总要经过几次蜕变，前期后期思想行为有段落。蜕，俗名知了皮，中药叫蝉蜕。这种蝉的幼虫在土壤里发育，周身包着一层半透明的硬壳，由出土到树上，不断地换壳慢慢长大。那些空壳和它的生活已经没有关联，文学家拿来比喻人生，西洋人另有说法，称之为"婴儿时代的鞋子"。

人到老年，忽然想做少年时代做过的事情，我的建议是马上去做，不必考虑有用无用，做得好做不好，因为老人需要自得其乐。我少时受过一点唐诗宋词的训练，后来立志做白话作家，那点训练就成了我的蝉蜕，婴儿时代的鞋子，深锁在储蓄室最底下的箱子里。终于有一天，我忽然又想去排列那七言八句，平平仄仄，好像少年的我回来陪伴老年的我。

在我把诗词当作"文学红尘"之后35年，我因为向中国大陆寻人而写出一首古风，题目是"寻杨书质先生不遇"。我在18岁那年，由陕西流亡至辽宁，少不更事，如盲人瞎马，深得杨书质先生照顾。后来天翻地覆，两世为人，感念随年龄增长。35年后，中国大陆改革开放，我写信给北京的侨办，请他们查访杨先生的下落，信末附了一首诗，希望侨办的官员知道我的迫切期待之情。

那首诗是这样写的：

胸中少年事，戎马一书生。
秦月汉关路，白山黑水城。
冷齿论豪强，俯首启童蒙。
刚胆能伏虎，傲骨不从龙。
处处风波涌，岁岁石榴红。
烟尘迷踪迹，画图思音容。
鱼雁成何用，龟筮竟无灵。
于今愿未了，但得再相逢。

侨办要我提供杨先生原籍的地址，或者中国全面解放时杨先生在哪个单位工作，我都不能，他们没有线索可以作业，也并未置之不理，感谢他们！把我的那首诗交给一家报纸，报纸把它当作投稿。

这首诗虽然找人无功，却引起多位读者的反响，不用说，我受到很大的鼓励，我在寻找老同学陈培业的时候，也诉之于诗。

抗战后期我到大后方做流亡学生，陈培业是年纪最小的同学。我听说他历经土改、抗美援朝参军、转业教书和培训师资各阶段，几番风雨，到达晚晴。我心情激动，立马成诗：

翩翩最少年，闻鸡投笔起。
出入祸福门，锻炼冰炭里。
北塞执干戈，南疆植桃李。
情共青天老，心比明月洗。
大江推前浪，太仓散秭米。
梦中执手问，同侪尚余几。

这首诗也感动了培业，找书法家写成立轴，挂在他的客厅里。

以上两首诗都是造句不拘平仄，韵脚同音字通押，虽托名古风，也没严格遵守古风的格律，不脱"五四"运动的自由思想。但是古人的这套玩意儿，你跟他河东河西倒也罢了，若是你过了河，服了水土，你一定甘愿戴上他那个叫作"韵律"的镣铐，受他的艺术虐待。情难自禁，我也向律诗步步靠拢。2000年我73岁，西方称为千禧年，我沾染古诗词习气，为自己写了这么一首诗：

千禧年自咏

匹夫因病闲，老境有回甘。
爱憎皆无我，穷通各得缘。
千丝尘网破，一羽云霄宽。
已了马牛愿，终成麟凤篇。
畏闻三字狱，喜说万言禅。
偶以苍生念，篆烟付碧天。

诗后也有自注：麟凤篇，指我的回忆录。又，笔者平素爱读小说，称小说为万言禅。这首诗造句遵守平仄对仗，押韵就不管删、覃、先、寒的分别。四川老同学郭剑青有诗集赠我，我回七律谢他，其中有一联是："才下眉头休还说，都归象外易亦难。"我说这两句平仄不调，但我抵死不肯修改。他高吟一遍，低声告诉我："你这两句诗的确是鸡肋，弃之可惜。"彼此一笑而罢。

此间有很多人以诗词名家，我称他们为词人，表示和现代的诗人有别。我对他们说，律诗的清规戒律太多，填词时，一东的韵和二冬的韵可以在一首作品内通押，写律诗应该也可以。李商隐的"曾经沧海难为水"，杜甫的"蓬门今始为君开"，开头三个字都是平声，今人应该也可以。他们说大师可以，初学不可以。我的意见相反，对内行的要求从严，对现代一般"票友"的要求从宽，尤其对在异邦文化中生活的现代人，门户宽一点，门坎低一点，律诗的活路也多一点。

也许有关系，也许没关系，他后来开班授课，教青年人写诗填词，"初阶"的课程用中华新韵，也就是同音字差不多都可以通押，而且用今人的读音，不用古人的读音，而且并不严格禁止一句诗内开头三个字或结尾三个字都是平声或者都是仄声。

从前词人还有一个好习惯，别人写一首诗给他看，他也马上回写一首给那人看，其实都是给大家看，叫作"和"，读去声。他回写的这一首，韵脚（句末押韵用的字）

跟对方来诗用的字一样，叫作"步和"。我也免不了和别人一唱一和，这时我就一切循规蹈矩。手边尚存有和喻大翔教授元旦诗：

> 诗心未已壮心收，汉水何尝西北流？
> 花信风中大世界，燕巢泥里小春秋。
> 寸长尺短岂无用？人百己千肯且休？
> 安得洛阳千幅纸，敲声锻句说从头。

写诗的人容易结缘，我认识了军界退休的袁华民先生，他用骈体文写旅美观感，寄托对西方社会的忧思，我也用骈体文试拟一文答之，算是另外一种唱和。文曰：

> 苍狗百变，红羊万劫，上医会诊，名厨合烹。赤子服虎狼之药，小鲜尽鼎鼐之味。四十寒暑，几番沧桑，智者千虑而围堵无功，英雄一掷而和解乃始。民贵君轻，东扶西倒，知易行难，南辕北辙，大梦其谁先觉？黄河尚待水清。则有躲尽危机，销残壮志，虽五百兴亡，心忧天下，而三千弱水，来饮一瓢，士之过江如鲫，橘已逾淮成枳。楚晋同材，

茑出幽谷之木，熏莸一器，鬼瞰高明之家。天道忌盈，富岁子弟多赖，人心惟危，八方风雨示警。国有殷忧，民无大志，日之夕矣！天何言哉？今有袁公，天地立心，重教务本，明道尊人。倡以四六，闻岂无愧乎？从者八九，趋焉敢后耶？已作草偶，再为鼓应，学步难继赵都，试追大雅，效颦可希，东邻何伤西子。

袁华民先生的公子中平是国学大师张隆延教授的弟子，因此张教授看到了我的作品，他认为非学院出身的白话文作家也能四六仿古，不可多得，蒙他青眼相加，我得以经常出入张教授授课的玉洁庵，和他的一部分门生做了朋友。他出版文集，由我为他编写了一份年表，附在书中。

既然和写诗填词的人声气相通，我也难免有时写诗送人。我在抗战时期读过的那家流亡中学，最后一任校长侯朝宪先生，在山东家乡养老，我写了一首诗安慰他。为了表示恭敬，我写了一首七律，而且平仄韵脚都遵守"平水韵"的规定：

每展舆图望汉城，天涯犹记读书声。

门墙九仞绕归燕，桃李十年化落红。

大木成琴藏晓籁，钢梁磨剑露长锋。

三千弟子江湖老，常颂前贤励后生。

老校长得诗大喜，40年后，海外还有学生记得他。

诗人于归先生，中华版《当代名人录》有传，全文约七百字，摘要如下：

字还素，吉林人，民国十五年生。哈尔滨农业大学毕业，早年曾游学美日。来台后先后任中国文化研究所委员，台湾历史博物馆美术委员会委员等，介绍现代艺术思想及美学之译述与评论。近年来筹组中日韩德法协会，译著有《书道全集》等八种，诗与评论单行本若干。

我记得当"现代画"传入台湾时，许多人因"看不懂"而自相惊扰。那是1960年代初期，台湾的社会还在闹"神经紧张"，而画家拒绝解释自己的画。有人对席德进说："有人认为你们在为共产党铺路，你们还不说个明白？"席德进悍然回答："我到法庭上再说。"我想，法官未必懂画。现代画先要使大家（包括法官在内）能接受，至少要使大多数人（包括法官在内）愿意了解。倘若平时不下功夫，临时突然上了法庭，又如何能说得明白？幸而有几位专家不辞辛劳、不避嫌疑，做现代艺术的辩护士，做那为现代艺术修桥铺路的工程师，于归先生正是其中一个。

于先生的艺术评论略嫌艰涩，对艺术殿堂门墙以外的人缺少感染力。虽然《名人录》以大半篇幅推举他"介绍现代艺术思想"，对他在诗和书法方面的成就一笔带过，但在台北文坛，他以诗人和书法家知名。

有一年于先生来美，以"口占"赠我，两诗是：

其 一

不闻风雨恶，忍见过雁多。

荟茫焉肯去，有笔动山河。

高怀旷古今，罄竹不为说。

名篇超时俗，绝世未沉疴。

其 二

风尘流水动，花月自天心。

鸿文洛阳贵，称名古若今。

寂静含露竹，苍然老鹤云。

一介高怀士，何日起沉沦？

　　我当时对他说，这样的两首诗我怎么当得起，我把它看作对海外的华人艺文界广泛的关怀与期许，在这个前提下，我请求他把这两首诗写成一个长轴，供我朝夕惕励。他也认为这是个好主意。谁知他回到台北以后，被一辆车重重地撞了一下，地点就在他自家门外，那完全是他私家的空间。这一下撞得太重了！太重了！我记得台大历史系主任余又荪教授也是走在人行道上冷不防被车撞了一下，也是撞得太重了！太重了！还有，台大教授、著名评论家齐邦媛女士，也曾经在自家门外挨撞，所幸撞得很轻。这就是台北市的交通！

　　后来，我找出那语重心长的两首诗，央旅美书法家阮德臣先生以赵体行书写成斗方，悬之座右。这几年又是多少"忍见过雁多""苍然老鹤云"，但愿我辈有人真能"鸿文洛阳贵""名篇超时俗"！

　　当时这个圈子里有一位姚立民先生，丧偶多年，忽传黄昏之恋，他在网络上有自己的Blog，那时候网站初兴，他们译成"部落"，我在上面常常读到他的艳情，免不了和诗表示庆祝，这真是"胸中犹有少年事"了。

其 一

效姚立民词长题意，鱼虞通押。

尽信因缘莫信书，红楼隔水对君庐。

问情何物缠绵甚，望美一方辗转余。

寄意千敲如梦令，得时双棹莫愁湖。

天心自古怜佳偶，代代才人有相如。

其 二

他人有心，余忖度之。诵姚立民词长新作蝶恋花，依原韵报之。

聚散由天天下小，恨铁成钢／愿化温柔绕。

明烛海棠相见少，平川无际离离草。

低唱浅斟何足道，拼尽浮名／换取嫣然笑。

比翼乘云心愿了，一池春水不须恼。

其 三

长相思代有情人立言，立民大兄笑我。

影不离／志不移，如此星辰只为伊。

天荒地老时，蚕成丝／泪成诗。

前世来生总是痴，因缘莫迟疑。

多年来，我左边是维新的诗人，右边是仿古的词人，他们各据壁垒，从射击孔看我，我常为他们沟通，没产生什么影响。想当年"五四"运动，两派互相攻伐，用词刻薄，至今积怨难消。词人常讥诮现代新诗呓语连篇，不知所云，我的说法是，人人都有说不出口、说不明白的情感，而诗是惟一允许含糊其词的文体，今人有，古人也有，它照样可能是很好的作品。说着说着，我就拿出自己写的一篇《感时》来：

研朱摹秦篆，纵横效蜗走。

纸短有佚文，落笔皆速朽。

锦鲤枵腹来，饮冰当饮酒。

金人无喉舌，安用三缄口？

望天天不安，乱云作兽吼。

苍松伤流景，哭泣化垂柳。

柳絮效飞石，聚石成阵否？

谁能移星月，一天俱是斗！

文章写到这里，该结束了，还有一段话可以加进来，不算多余。"僧敲月下门"，这是唐代诗人贾岛的名句，定稿以前，究竟是僧"推"月下门好还是僧"敲"月下门好，他很费踌躇。据说是韩愈在马路旁边告诉他"敲"比较好。我想，韩愈的决定太快了吧？他大概没有先让贾岛把整首诗念出来给他听听。"僧推月下门"的上一句是"鸟宿池边树"，写的是非常幽静的夜晚，敲门有响声，把幽静破坏了，宿鸟也惊飞了，说不定绕树三匝，哇哇喊叫，岂止吹皱一池水。再说那是一个荒僻的地方，应该没有大寺，只有小庙，"山门破落无关锁"，一推即开，表示僧人和宿鸟都心无挂碍。现在夜归的僧人要敲门，庙门从里面上了闩，僧人也有机心，难道庙里也有保险箱？出家人也有私房钱？未免违反贾岛的风格。

　　你看，吟诗填词，古人的这套活儿，把每一个中国字拿来摩挲把玩，像玩古董一样，有些字可以玩一辈子，"春风又绿江南岸"，一个"绿"字可以玩一千多年，如此这般就忘了烦恼。古人说玩物丧志，我此刻的理解，丧志就是排除烦恼。

赠人以言

我小时候喜欢搜集格言谚语,有一天检查成果,发现西方人说的话占了一大半。我喜欢林肯、培根、爱默森、莎士比亚,甚于朱熹、吕坤、曾国藩,同样的意思,怎么外国人说出来显得漂亮些?这是十足的"崇洋媚外",崇洋媚外那时是大罪,我自己搁在心里许多年。我记得,我从前时常放在心里的句子,是"起床迟者终日疾走",道出懒惰或短视造成的窘境,十分传神。"一个今天优于两个明天",比"今日应作之事不待明日,今年应作之事不待明年"要简洁生动。但是简洁也未必一定是好,"冤冤相报"诚然简明,若是和下面的话相比,显有逊色:"所有的枪声都响两次。一次你向别人发射,另一次是别人向你发射。"要选1930年代对革命青年影响最深的话,我举"一粒麦子,若不落在地里，死了仍旧是一粒，若是落在地里，死了就结出许多籽粒来"，并不是"求仁得仁"或"我死则国生"。1960年代，台湾人埋头苦干，能够安慰他们鼓励他们的，是"流泪撒种的必欢呼收割"，并不是"先难后获"。

依我的品味，下面的句子都比括号里的句子容易接受：女人是男人的另一颗心，男人知道这颗心什么时候不跳了。（心心相印。）眠则享人生之美梦，觉则见人生之职责。（醉枕美人膝，醒握天下权。）住在玻璃屋子里的人不乱抛石子。（己所不欲，勿施于人。）能进衙门未必能进庙门。（暗室亏心，神目如电。）

中国圣贤立言，有似黄钟大吕之音，正大庄严，然而也平板单调，往往不讲究修辞技巧，他们不是作家，也不屑于做作家。还有，他们对人性看得深、说得浅，"应该如此"和"事实如此"不分，特殊现象和普遍现象不分。"朋友有通财之义"本是应该如此，你也可以交到轻财仗义的朋友，然而你并非永远生活在那样的环境里，有一天听见"不要借钱给朋友，那使你既丧失金钱又丧失朋友"，这才有茅塞顿开之感。

有时候，我觉得中国的平民百姓不是靠圣贤嘉言活着，他们的生活指南是民间谚语。"三十年前看父敬子，三十年后看子敬父"，"穷居闹市无人问，富在深山有远亲"，何等坦率，又何等的确切不移！"养子不教不如养驴，养女不教不如养猪"，何等生动，又何等诚恳！民谚有时粗俗不文，如"人不为己，天诛地灭"，多年来一直受道德家指责，其实这句话的意思不过是"天助自助者"而已。

市上有英谚中译的专书，译者为梁淑华，他把许多谚语译成五言的句子，简洁可爱。我曾经辑成一篇《梁译英谚集句》，用毛笔写在宣纸上广赠亲友，主张用它代替《朱柏庐治家格言》。现在录之于下，再作鼓吹：

其　一

曲杖生曲影，美德出美行。狂犬难永寿，空瓶发巨声。知足即富有，健康即年轻。古今有恒者，十九皆成功。

其　二

虎皮无廉价，愚人有智言。长河通海易，空囊直立难。知识亦权力，朋友胜芝兰。真爱生喜乐，岁岁复年年。

其 三

善射常失矢，孤羊易遇狼。无蜂则无蜜，有谷必有糠。火岂能灭火？谎可以生谎。持烛照他人，慎勿自灼伤。

其 四

捷径常觉远，缄默永无失。草多竟缚象，滴水敢穿石。果子即种籽，醒时胜醉时。小人虽如鼠，防之当如狮。

五言句法多半是"二/三"、"二／二/一"，对仗排比不难。为了网罗佳句，迁就形式，有些句子略有改动，如"善射常失矢"，原句是"善射者失其矢"。大部分句子浑然五言，佳偶天成，像"曲杖生曲影"配"美德出美行"，像"虎皮无廉价"配"愚人有智言"，像"无蜂则无蜜"配"有谷必有糠"，皆是。

朱柏庐是明末清初的士大夫，他所治的是16、17世纪的地主家庭，他的格言难以指导今天的生活。即使是50年前，《朱子治家格言》风行一时，我也从未见挂在世代书香的缙绅之家。朱氏的人格令人尊敬，但他写出来的骈体文水准低，观念也保守冬烘。我希望能有替代的东西。有心人不妨来思索一下这个问题。

我后悔说了那些话

我在台湾写了20年的杂文,其间虽然也教书,也做编辑,为报纸写杂文专栏仍是我的职业。那时,我是说50年代到60年代,台湾的读者大众打开报纸,并非寻找广征博引,依赖真知灼见,流行的观念是报纸应该说真话,真话就是政府犯了错误你要敢"骂",不能骂总统,骂院长部长也好,不能骂院长部长,骂警察局长、税捐处长也好,凡"长"皆该骂,即使只能骂小学校长、火车站站长,也算对得起订户的辛苦钱。训斥别人的过失是很容易的事情,我的角色不难扮演。

从50年代到60年代,台湾的报纸增加了好几家,竞争越来越激烈。报馆在各地设立分销处,广征业务员,如果有人不肯订阅某一家报纸,业务员就要登门求教,你为什么要看另一家报纸，我们的报纸有什么地方比他差。每月月底，分销处把各个业务员的意见汇集起来报告总社，总社的编辑部就要立即改进。如果分销处说，你们的杂文"小方块"太平淡，看了不过瘾，编辑部就要把压力转移到我们的身上，要求我们"加点辣椒"。

尽管气性并不相近，有样学样倒也不难，只要你把人性中的某一部分释放出来。那时台湾的公务员对上门办事的平民百姓，尤其对乡下人，态度十分恶劣，你如果送上红包，他马上和颜悦色，我们说他们"卖笑"。那时办任何事都得找关系、托人情，同样一件事情，张三托人办不通，李四送红包办成了，钞票上面印着孙中山的肖像，我们说李四是托国父出面，当然如愿。

那时号称威权时代，民意机构的权力缩小，失去监督政府的作用，政府为了维持宪政的形式，仍然用高薪厚禄养士，我们讥讽他们有些是"卖手的"，在法案需要通过的时候举手表决；有人是"卖嘴的"，在审议法案的时候发言支持；有些人是"卖屁股的"，按时坐在座位上凑足法定人数。这些话太荒唐了，我深深忏悔。

我对文学特别关心，在这方面造了许多口业。上世纪50年代，"教育部"设置了台湾第一家文学奖，开始两届的得奖人都是从文化界"淡出"的老师宿儒，我们说，这样的文学奖何必要办，不如每年给李白杜甫烧一些冥纸算了。我说台湾有人居间为政府拉拢作家，可称为"文学掮客"；有老年女作家指东画西，喜怒无常，可称为"文学婆婆"；有年轻女作家搬弄口舌是非，可称为"文学小姑"；某人有作家和官员两种身份，以文学伺候政府，又以官员身份君临作家，我称之为"文学太监"；有人专卖漂亮女作家的书，借色相宣传造势，我称之为"文学老鸨"。诸如此类，口不择言，罪孽深重，我深深忏悔。

我几乎闯了大祸。台北本来有些流氓，警察为营造首善之区，把流氓赶到市区以外的小城小镇，报纸常常报道流氓的恶行，只有报道，没有评论。方块易写，材料难找，这样讨好的话题他们为何不用？我胆大妄为，人弃我取，这种新闻一旦发生，我就对黑社会来一番"笔伐"，并督促警察善尽职责，洗刷"警氓共存"的嫌疑。

我每天晚间到报社写稿，白天从来不去。有一天早晨，不知怎么心血来潮，走进编辑部的办公大楼。那是个很大的办公室，编辑部各部门集中办公，工作人员都还高卧未起，非常意外，老板、总编辑、总经理赫然在焉，他们正陪着两位高阶警官察看玻璃窗上的一个小孔，那显然有一颗子弹由此射穿。窗下的那张办公桌正是老板每天夜晚坐镇编辑部的司令台。这颗子弹从何而来？编辑部大楼的对面有一座大楼遥遥相对，难道射手是登上那座大楼凭窗瞄准？距离也未免太远了吧。这次"袭击"似乎在昨夜发生，昨夜轮到我休假，不知当时现场是什么景况。我不敢在编辑部久留，悄悄退出。

大约在弹孔出现之前几个星期，有一条汉子骑在摩托车上，从郊区疾驰直奔闹市，车子撞在电线杆上，受了伤。警察赶来处理，发现他喝醉了，身上带着一把凶刀，问他带刀何用，他说要到报社杀一个人，杀谁？他掏出一张报纸，指着我写的一篇杂文"小方块"。

我把凶刀、弹孔、小方块联系起来，发觉事态严重。老板始终没叫他的左右手对我暗示什么、劝诫什么，总编辑也没扣我的稿子、改我的稿子，好像什么事情也没有发生，真佩服老板是一位大英雄。很凑巧，我也及时改换了小方块的题材，写这种文章的秘诀是，找一个持续发展的事件，你一直追着写，可以连写许多篇，要不然，天天找一个题目一次用完，太费劲。但是，你也不可以在一个主题上胶着太久，那样读者会厌倦，该换菜单的时候就要换。叨天之幸，主观需要和客观形势不谋而合。

虽然，我还是很遗憾，这两件事情对我多么重要，竟没有一位同事告诉我一句话、一个字，后事如何，他们也不作声。这是我没交到朋友，做人失败。水深江湖阔！我开始想离开那个工作了。

七岁以前无性别

《礼记》认为，男孩女孩在七岁之前可以不设性别防线。西洋流传过来的小故事换了个表述的方式：小女孩想使用一下洗澡间，里面已经有他们的同伴了，如果是个女孩，她才可以进去。她叫一个小男孩去窥探究竟，小男孩回来说：他没有穿衣服，我怎知道他是男是女呢？

七岁以前如此，因为年纪太小。等到七老八十以后呢？宴会中常有妙龄女郎拥抱龙钟老翁，翩翩少年搀扶颤巍巍的老太太，是否因为年纪太大，男女之防也松弛了？当我第一次蒙受这种礼仪接待时，我黯然承认，我的确是老了。

老了，另一殊遇，一再受到美女作家邀约，讨论她的小说。此处不得不下一小注：新女性主义滔滔天下，波及文学思潮，这里那里都有女作家用心白描第一性征，形成女性书写的一大特色。在新女性主义兴起以前，这一部分材料是个禁区，闯进来的是几个男作家，那样的作家一向受女权主义者责备，认为那样的作品"物化"了女人，拿女人当商品。谁知今日河东河西，男作家退出了这块园地，女作家，而且是美女作家一拥而入，新女性主义者告诉她，"女人有书写自己身体的权利"。

教我怎么说呢？我只要一息尚存，朋友来找我讨论作品，我总是热诚接待。我了解，千百年来，女人受男人控制，大户人家，家中总有一本《女诫》；小户人家，家中总有一本《女儿经》，我知道上面写什么，也见过我的祖母那一代大部分女人过着什么样的生活。新女性要推倒围墙，填平天河，在战术上，她们专做以前男人不许她们做的事，女人公开展示第一性征，正是对"大男人"最沉重的打击，就战术而论，十分正确。

更进一步，我们可以追问，从前，男人为什么压迫女人？因为女人需要男人保护。保护者和被保护者，人格不平等。

保护者需要被保护者听话，约束自己，保护比较容易，成本比较低。举例言之，女人外出，必须用衣服把全身肌肉遮蔽起来，而且不能露出曲线。为什么？因为在当时那个社会中，裸露肌肉就会释放"性感"，性感就会引来性侵，性侵是家族的奇耻大辱，足以引起械斗，父亲可能在械斗中丧失性命，哥哥可能在械斗后终身残疾，如此这般，你叫那个女孩如何做人？

那样的社会，新女性主义当然无从谈起，幸而社会不断地进步，出现了一个观念叫"文化保护"。弱肉强食、优胜劣败这一个法则不能概括人类社会，你看满街鹁鸽长得那么肥，怎么没人捉几只回家下酒？你看那个坐轮椅的人挤不过人家，怎么排队反而排在前面？你比他力气大，不能打他；比他声音大，不能吼他；个儿比他高，替他开门让他先走。有些植物，靠人在温室里培养；有些动物，靠人在地毯上供养，这些都叫文化保护。女子本是弱者，在文化保护这把伞底下变成了强者。许多革命都是在情况开始改善的时候爆发，新女性主义也不外如此。

好了，现在一切都在眼底，单亲，独女，家中没有男人，女人有保护自己的能力，能告状，能请律师。司法制度、女权团体、舆论公评，都支持她。她尽管下穿短裤，上露乳壑，徜徉过市。她甚至可以"裸奔"，全身衣服脱光，从你旁边跑过，你连多看一眼都不行。她喊一声性骚扰，立刻引起公愤，不必举证，没有时限，不能反告。

现代女士们对这样的文化保护不感激，不稀罕，天赋的权利无须由别人零星赏赐，自己争取来的才可贵，而且可以得到更多。恕我多问，我不明白为什么女子非要去做救火队员不可，消防局不要她，她就告状，经过时间很长的诉讼。我不明白女子为什么非要做第一线的战斗员不可，陈情请愿，奔走呼号。恭喜恭喜，心想事成，且慢！就像有汽车必有车祸，性侵案也有了可观的数字。道高一尺魔高一丈，道中本来藏魔。好在家中的男人不必出去拼命，警察去拼命。再说贞操观念已经改变了，无可奈何花落去，不得不改。

据说，"女人不是生成的，是做成的"。这么说，人一生都没有性别？以前，男人把一部分人训练成女人，现在，新女性主义可以把这一部分人再训练成男人？就算是训练吧，也要看性向禀赋因材施教，瘦长文弱的人，你不会训练他做码头工人的领班；谨慎小心的人，你不会训练他去指挥百万大军作战。女人，你可以训练她做居里夫人，并不证明女人不应该做南丁格尔。而今，有名的社福工作者吴文炎隔海发问："是什么样的家庭与环境，让少女必须被强迫长大；是什么样的痛苦与经历，让少女选择在身上留下印记；说着不符合年龄的话语、做着不符合年龄的事情，而她们究竟在违反法律之前，还有多少选择呢?"

天下事"此起故彼起"，因果相连，众生颠倒，了解越多，同情心越广泛，自己的格局也越大。而且社会还会继续进步……

安身立命几幅画

李淑珍教授在她的著作《安身立命》里面，追述、分析1961年在台港两地发生的现代艺术论战，从中探索当代华人对"安身立命"的焦虑。

那年代，现代文学、现代绘画、现代雕塑几乎同时在台湾出现，其中以现代绘画引起的震撼最大。现代画当时通称"抽象画"，抽象不是具象，也就是"什么都不像"，在中国，传统的具象画可以寄托画家的性命，可以栖息赏画者的心灵，人与画以神遇，就是另一种方式的天人合一。抽象画突然以异类的面目出现，并声称要推翻取代一脉相传的具象绘画，那些经历"五千年未有之变局"的人益增彷徨无依之感。徐复观教授从香港发难，批判现代画一无是处，现代派画家起而应战，双方雄辩一年之久。李淑珍教授在书中立一专章，题曰"徐复观的现代艺术"，以近乎评传的大手笔梳理了艺术史上这一桩重要的公案，足见她对艺术十分重视。

那年代，我们一些文艺青年对这一场论战十分关心，仔细研讨双方的文章。论战使双方竭尽所知所能，读论战的文章得益最多，但是双方各执一词，能立能破，使人疑惑也更甚。而今夜深忽梦少年事，还能瞥见《民主评论》的封面面容严肃，现代画的作品面容诡奇，老师宿儒面容模糊，浅学后进面容迷惑。就绘画欣赏来说，我们大都对徐先生的论点有同感共鸣，我用日常生活做个比喻，现代画家好像是把坐北朝南的四合院拆了，盖一座三角形的房子，要我们搬进去，四合院虽有灰尘蛛网，一代一代做梦也安稳，三角新宅新地板新家具，好像前途后路都夹死了，有些恐怖？

就绘画创作来说，我们对画家也十分同情。那时我们已知道艺术贵在创新，中国画的发展已经止于至善，成为古典，后之来者对古典只有两种态度，一是"诠释"，一是"颠覆"，颠覆是创新的手段。既然"他们已经无路可走"，他们当然反其道而行，"隐藏在五花八门艺术潮流底下共通的幽黯意识"，正是前代画家留下的空间，他们想用艺术的微光去照亮这漆黑之物。"现代艺术对自然形象的破坏，不过是追寻未来统一新形象的过渡。"正是如此！这正是他们要冒的险。"它在扫除历史文化价值之后，面对一个不可测度的深渊，人生社会不可能安住在这种深渊之中。"正是如此！这是我们要付出的成本。

论学问见地，文章辞藻，徐复观教授在对方之上，但对方站在潮流的上游，徐氏则因为一句"现代艺术为共产世界开路"，在战术上陷入泥淖，他的名言卓识无人引用，独有这一句话家喻户晓。人言可畏，大家像吹气球一样找到一个缺口朝里面吹气，吹到过分膨胀，使它爆炸。上世纪60年代杂文盛行，报纸社论、军中文告、心战宣言、"立法委员"质询，处处可见杂文笔法，徐先生议论纵横，笔锋犀利，能使用一切有效的武器，"为共产世界开路"是辩士杂文语言，不是学术语言，我看也不是政治语言。虽然徐先生和情报工作渊源甚深，那也都是过去的事了，60年代的台湾，倘若特务机关要找人放气球为整肃画家造势，也不能去找徐，那是小喽啰的差事，无论如何徐是元老，而且一向和他们并不同调。后来现代画家提起这一次论战，列举自己的战果，简化了对方的论点。今读李淑珍教授的《安身立命》，才明白当年她的徐老师是以文化的高度论画，徐氏认为安身立命之道在儒家文化里，现代画既不出于儒家文化，也不归于儒家文化，他有匡正之心。我想起那年代台湾一隅，那么多知识分子有那么热烈的淑世情怀，此情可待成追忆！李淑珍教授以史家的修辞立诚，诗人的温柔敦厚，无私而有情，提要钩元，不偏不倚，让我们看见那一坪文化棋的进退得失，看出徐老师数十年的积学之厚，看出现代画家以艺术为本位的强烈信念，李教授顺便把徐老师一时的"有为之言"当作一个病灶包括起来。

有人说，那一场论战，徐复观伤害了台湾现代艺术的幼苗，我的体验不同。现代艺术是陌生事物，大家不懂是什么，也不懂为什么，名将顾祝同看不懂他的公子顾福生画什么；"台湾省主席"看不懂台中公园的雕塑是什么；台湾政坛闻人林金生看不懂他的公子林怀民舞什么，都曾是报上的重要新闻。那时台湾的现代画家不肯解释他的画，咄咄逼人的徐复观使他们改变想法（一如现代诗论战，言曦逼得诗人解释自家人的诗）。他们在解释中萌生反省和展望。我也曾向诗人画家介绍"中广"公司从美国"进口"的"公共关系"，生产者要让公众了解产品的优点，辩白误解。后来诗论画论都蓬勃起来，诗和画也自有一番意气风发。

唉，1961年，55年了，当年一同阅读《民主评论》的小青年，生离死别，——断了音问，安身立命，早就没有交集点了。想不到今天有这样一本书，还在殷殷关切广土众民的心灵归宿，想不到我能读到这样一篇文章，使我"悼念"当初一度好学深思的精神。

安身立命一本书

苏索才先生在他的专栏里头问："我们聚会时能否谈点书?"善哉,我正要谈一本书,台北"联经"出版的《安身立命》。忆当年我到美国来做人,朋友问寒暖,我说:"此地可以安身,不能立命。"朋友说:"那是我们共同的问题。"浑浑噩噩,40年眨眼过去了,忽然看到此书封面上四个大字,不觉悚然一惊。

何谓安身?遥想20世纪50年代有个说法,由台湾出来深造的学生纷纷追求三"P":学位(Ph.D)、居留权(PR)、房子(Property),由留学而"学留",这三"P"是必备的条件,今天看来,正好成为对安身的一个解释。到了70年代,这些留学生都有成就了,他们又提出一个问题:我们的根在哪里?一时之间,无根、寻根、落叶归根都成了热门词汇，安身之后，有人欣欣自满，有人觉得不足，有更广更高的追求。根？这就是立命了。

那时，我也曾提出"落地生根"，我也说过根在中华文化，华人带根走天涯。我的即兴文章，游谈无根，不在话下。现在李淑珍教授写成专书，以四百多页的篇幅深度发掘，广泛论说。指出安身立命之道的渴求，源于"巨大的不安"，这种不安又与整个大时代天翻地覆的动荡息息相关。她从政治、经济、宗教、艺术、科技各方面探讨现代中国人的处境，解答"全球化的我在哪里"，探索"百年世变下华人的精神价值"。全书逻辑谨严，语言委婉，力排众议而又统摄百家，里面有谈不完的话题。

就像主旋律在各乐章中反复变奏一样，"安身立命"时隐时显，贯串全书，在不同的地方她使用不同的构词。例如她提到"私领域"和"公领域"，"小我"和"大我"，"个人主义"和"集体主义"，为艺术而艺术和为人生而艺术，她使用这些词语的时候，都染上安身立命的色彩。她对儒家思想未来可能发生的作用期许甚高，使用儒家的"术语"最多，例如内圣、外王，例如谋食、谋道，例如修己、治人，她一一予以新的诠释，纳入安身立命的论证。书中说："公私领域不能划为两橛，而是互相渗透，彼此影响。"对政治人物来说，私领域的"自我心灵的安顿之道"，到了公领域就是"政治社会未来的蓝图"，安身为立命之肇始，立命为安身之完成。最后，她说："个人的生命短促，使我们感到渺小，而为这个世界承先启后，则令我们感到庄严。"善哉！读这样的文句，真该正襟危坐。

平时茶余酒后，大概不能谈到这个层次，各人只注意自己亲历的"巨大的不安"，切肤之感是安身不能立命，立命不能安身。弱水三千饮一瓢，是安身；澄清黄河，是立命。牵萝补茅屋，安身；安得广厦千万间，立命。由安身到立命，中间有难以跨过的鸿沟。有人止于安身，"吾亦爱吾庐"，算了，有人则"若为自由故，两者皆可抛"，为立命慷慨而行。人海浪花汹涌，安身者可曾久安，立命者可曾确立，总有几个人物让你放心不下。作者诗笔入史，悲天悯人，平时茶余酒后，也不能谈到这个层次。所以爱书者始于谈书，终于读书。

李淑珍教授用"前仆后继的挣扎"形容人类为安身立命的奋斗，认为儒家的答案仍然是"可能答案"中的一个选项，先儒留下"为天地立心、为生民立命"的宏誓大愿，仍然可以是从今而后的动力。善哉善哉，愿如贵言！

九十回顾自述

　　人到某个年龄就只能谈他自己了，可是要想谈得好很不容易。有学问的人说，人有三个"我"，一个是别人认为你是个什么样的人，一个是自己以为"我"是什么样的人，在这两者之外还有一个"真我"。别人眼中的我，自己心中的我，有很大的差别，至于那个"真我"是什么样子，据说没有人知道。所谓知己，就是"别人眼中的我"正是"自己心目中的我"；所谓错爱、谬爱，就是"别人眼中的我"高过"自己心目中的我"；所谓怀才不遇，就是"别人眼中的我"低于"自己心目中的我"。

　　谈到"文学与人生"，我们的前辈都说文学表现人生，批判人生，都说作品从生活里面产生，但是高于生活，既然文学与人生互为表里，那么谈我的文学、我的人生，也就等于检查我的全部。世上最难做的题目就是写"我"，我说过，我是一个固执的人，追求完美，不能忍受缺陷和丑陋，写任何文章都字斟句酌，用狮子的力量搏兔。我说过，我是一个内向害羞的人，文章也中规中矩，结构严谨，文章里没有豪言壮语，也从不贪天之功，贪人之功。我说过，我是一个喜欢服从权威的人，喜欢用演绎法写文章，从来没打算立山头、开门户，从来没想过改变现状。我说过，我是一个勤能补拙的作家，我的天分不高，学习的环境也不好，我是困而学之，勉强而行之，知其不可而为之。

生活是时间的延长，生命的轨道像一根线，每个人都画了一根线条，我的这一根线就是漂流。据说当年我在襁褓之中，算命的先生批了我的生辰八字，他说我的命属于"伤官格"，不守祖业。"不守祖业"是什么意思？他没有说，父亲去查书，知道不守祖业可能是漂流，变成异乡人，无家可归；也可能是败家，做一个败家子，倾家荡产。那年代西方工业国家的产品到中国来倾销，淘汰中国的手工业，造成农村经济破产，紧接着八年抗战，中产阶级崩溃，没等我长大成人，我家的祖业就败光了，轮到我，就只剩下漂流这一个选项了。我20岁那年离开祖父留下的四合房，以后离开我们那一县，离开我们那一省，离开中国大陆，完全离开中国，越走越远，再也没有回去，这是我给"漂流"下的定义。

漂流是什么？漂流就是割舍，当年我们唱过一支歌，"母亲啊，谢谢你的眼泪，爱人啊，谢谢你的红唇，别了！这些朋友温暖的手。"今天还有没有人会唱这支歌？我一直寻找会唱这首歌的人，我们当年一起唱这首歌结成同盟，后来也互相把对方割舍了。想当年那些第一次离家的孩子，背包特别大，特别沉重，这个也得带着，那个也得带着。以后长途漫漫，脚不点地，背包里的东西一样一样拿出来，一面走一面丢，夏天行军，把冬天用的东西丢掉；晴天行军，把阴天下雨用的东西丢掉；人人穿草鞋，把妈妈做的布鞋丢掉，两只手可以捧水喝，把随身携带的水壶丢掉，最后，他有一条腰带，妈妈在里面缝了几块银元，爸爸亲手给他捆在腰间，叮嘱他千万不要离身，实在走得太远，实在走得太累，实在走得万念俱灰，也在攀山越岭的时候把那条腰带解下来，往那万丈山谷里头一丢。还有什么可丢的没有？身上每一块肉好像都是累赘。我们在漂流中学会割舍，人不需要他不能拥有的东西。

告诉各位一个秘密，割舍对我的文学生活有帮助。对于我而言，文学好像是个任性的小姑娘，她不嫁给你，但是也不准你和别人恋爱，你必须对她绝对效忠而又不求回报。这就得能够像剃度出家一样，斩断尘俗的牵挂，然后升堂入室。我们的前辈常说"繁华落尽见真淳"，我认为繁华落尽就是割舍。漂流时期的割舍是一种训练，文学写作的预备训练，当年和我一起学习的小青年，成绩比我好，后来为什么都不写了？因为他入世越来越深，他的文学和许多是非恩怨、许多文学以外的目的缠在一起，他不能割舍那些东西，最后割舍了文学。

我的漂流是战争造成的，八年抗战，四年内战，正当我的少年和青年，战争制造英雄，战争也制造流民，四方漂流的人。战争告一段落，所谓"战争状态"继续，一直覆盖了我的壮年和中年，我们在精神上、心理上仍然漂流。中国人口大规模地移动，几千万人的八字难道都是伤官格？当然不会，当年第一颗原子弹毁灭日本广岛，八万人死亡，这八万人各有各的生辰八字。有人说过，战争来了，人不必算命，因为命理在正常的社会里有效，在战争时期无效。

当年炮火连天，大家都说是非常时期。非常就是不正常，就是反常。在正常的社会里，人的打算是怎样跟别人一块儿活；可是战争相反，人的打算是怎么让别人死，或者跟别人一块儿死。平时做人，坏人也得冒充好人，战争时期做人，好人也得冒充坏人。战争有它自己的规律，不但生辰八字不灵，《论语》《孟子》也不灵，《马太福音》也不灵，许多格言都得反过来说，例如助人为烦恼之本，损人利己为快乐之本。战争时期做人，你平时的信念、信仰、信心大半错误，可能危险，立即反其道而行，大致不差。我认识一个老兵，他身经百战，我问他在战场上怕不怕，他说不怕，为什么不怕，他说不管战况多么激烈，部队不会全部阵亡，枪一响，有人先死，有人后死，也一定有人最后没死，死人越多，我就知道我活到最后的机会越大，我反而觉得安全。这就是非常时期的非常想法，完全出乎你我意料之外。

有学问的人说，战争是反淘汰，没错。拿军队来说，军队有王牌，有精锐，统帅总是派精锐部队去打最坚强的敌人，去攻最坚固的阵地，精锐部队的牺牲最大。素质比较低、战斗能力比较差的部队，做预备队，或者在两翼策应主攻，牺牲比较小。战争结束的时候，精锐部队的番号照旧，里面都是新人。把范围缩小，同一个连队里面，有些兵精明能干，有些兵反应慢，判断力很差，一旦有了比较艰难比较危险的任务，你是指挥官，你派哪一个出去？我再坦白一次，我跑不快，跳不高，机关枪扛不动，我百无一用，连队派我做文书，让我写毛笔字，做等因奉此，不管怎样兵荒马乱，总有我一张办公桌，我比别人安全，所以今天我能坐在这里谈我的文学与人生，真是惭愧啊！

战争就是破坏，这话也没错，我们都说百年树人，树人要百年，战争破坏一个人只要一旦。欧阳修说，人难成而易毁。我对自己的成长没有规划，像水一样流到哪里算哪里，大江东去，浮萍不能西上，我在漩涡里一圈一圈地打转，一小段一小段挣扎。不能改变环境，只有改变自己，我是千刀万剐、割断千丝万缕。1949年我脱离战场，漂流到台湾，我的世界已经破碎，我居然还想做作家。别人只看见我没有天才，没看出我没有完整的人生观和宇宙观，作品是作家的小宇宙，破碎的世界不能产生宏大的完整的作品，我是困而学之，勉强而行之，知其不可而为之。难怪我不能写小说，写长篇小说你要有一座森林，我只有满街的落叶，难怪我一出道就写杂文，号称短小精悍的八百字专栏，我是把一片一片落叶捡起来，没有统一的精神面貌。我有自知之明，那些文章我不保存，这也是我的秘密。

用今天的说法，我到了台湾需要人格重建，那时候，"人格重建"这四个字还没有在台湾出现。我只知道我是一只野兽，受了伤，需要找一个洞穴藏起来，用舌头舔自己的伤口。台湾不是我的洞穴，台湾是一架探照灯，老是对准我照明。我转过身去求孔子，求基督，他们开的药方能治标，不能治本。看样子我得的是糖尿病，人跟病同生共死。天下事难测难料，我在大陆的时候没想到能到台湾，我在台湾的时候没想到能来美国。我居然能漂流到地球的另一半，跟我的前半生头顶上不是一个天空，这一次可以大割大舍了吧，可是不能，我肩上扛的、手里提的，仍然是那一堆碎片。

在纽约那些年，大环境改革开放，有长期的和平，非常时期回到了正常，《论语》《孟子》又管用了，历史只是匆匆忙忙地转了一个弯儿。山川壮丽，物产丰隆，我的人格重建就在这段时间完成了。我豁然贯通，知道人生是怎么一回事，也知道文学艺术是什么，我这才知道"我"是一个什么样的人，这才有能力写回忆录。这一段心路历程，一言难尽。

这时候，对一个作家来说，我已经过了我的高峰期。写散文，我还可以拉长；写小说，我很难堆高；编剧，我不能缠紧。拉长，堆高，缠紧，不仅是有没有这个技术，不仅是有没有这个天分，更是你还有多少生命力可以燃烧。我能知不能行。孔夫子说："朝闻道，夕死可矣。"我说等一等，不能起而行，可以坐而言，古圣先贤讲承传，不能承，可以传，朝闻道，夕传可矣。我不能收割，可艾萨克种，让后人收割，我毕竟也收割过。"流泪撒种的，必欢呼收割"，我现在知道撒种为什么流泪。两座山中间有一片高原连接起来，两个伟大中间有无数的平凡连接起来，用文学史的眼光看，也许我们都是连接。

当年巴尔扎克想到巴黎去搞文学，他的一个长辈对他说，你要想清楚，艺术里头是没有中产阶级的，他的意思是说，搞文学艺术，要么就成为大家，要么就什么都不是。我是文学里头的中产阶级，也许我可以证明文学也可以有中产阶级。也许我可以证明，人可以经过学习经过训练成为作家，但是他的成就有一个限度。我坚决相信中国还会有伟大的文豪产生，在他没来之前，我们的责任就是准备迎接。直到有一天他来了，他一定会来。

这些年，我在纽约，只要有人找我谈文学，我知无不言；只要给我时间，我言无不尽。有人说，哥伦比亚大学是什么地方，NYU是什么地方，你也敢来说长道短，我不揣冒昧，有人不喜欢听，说我讲得滥，我不计毁誉。知无不言，言无不尽，不揣冒昧，不计毁誉，这是我的"四不"，这是我对文学播种，对社会回报，给未来的大文豪织红地毯。我这个后死者，这个苟全性命的人，我要让爱我的人，帮我的人，不会后悔。

第二辑 智 慧

太自爱的人，容易受伤害。

急于表白真相的人，容易树敌。

在历史转折有怀旧习惯的人，容易忧愤。

糖尿病

——应老友之请递交书面意见

这个世界病了！各种病征都出现了！

他患的是"糖尿病"。

糖尿病可以治，但是不能断根，如果彻底把它治好，病人也会没命。治疗糖尿病的原则是，使人与病共存，即所谓带病延年。

糖尿病人在医生的"观护"下生活，定时检查，照方吃药。若是血糖升高，必须按照医生的指示使之下降；如果血糖太低了，又得由它爬上来。

"血糖"比的是人类的私心，损人利己的心，"损不足以奉有余"的心。没有这颗心，人类以前也许不能从洪荒里走出来；有了这颗心，人类以后也许要坠入深渊中去。

千百年来，宗教家的弘誓大愿，是彻底消除人类的私心，也就是要把糖尿病完全治好，这违反"人与病共存"的原则，所以，依照宗教家的设计，他要净化这个世界，也要结束这个世界。

芸芸众生，贪恋红尘，总觉得"好死不如赖活"，宁愿去找叫作"政治家"的人医治。政治家的"两手"，就是时而按捺人民的私心，时而鼓动人民的私心。他们没本事在地上建立天国，也竭力避免把人间弄成地狱。人类的命运就在这两者之间摆荡。

天之生民久矣，忽而血糖太高，忽而血糖太低。论世道人心，将来未必比今天好，现世也未必比古代坏。

记住：医生自己也有糖尿病，但是他并不因此丧失诊病处方的资格，你我不可因此拒绝吃药。

得岁失岁

——急告知己

有人曾经提出一个问题：过年，人究竟是多了一岁、还是少了一岁？乐观的人说"多"，悲观的人说"少"，从这个角度看是"成长"，换个角度看是"折损"。

有位诗人提出他的答案："无情岁月增中减，有味诗书苦后甜。"玩味他的含义，好像警惕世人爱惜光阴。他的答案是，光阴减少，学识增加，既已有失，就要因此有得才好。

童元方教授在她写的《一样花开》中说，古人过年饮屠苏酒，对老者是"失岁"，对少者是"得岁"，这一安排实在太妥帖了。不妨说，老者失去的这一岁，就是少者得到的那一岁，一手交出去，一手接过来。每年除夕之夜，合家围炉守岁，就是默默进行了一次传承。

有人会问：若是老者没有子女呢？古人聚族而居，把全族看作一体，族中子弟就是他的子弟。

　　可是，现在宗法社会已经解体，大家庭也几乎不存在，那几句话还有什么着落？这就强迫我们扩大意念，涵盖全民，胆大的，放眼红黄白黑棕各色人群；胆小的，也垂青炎黄世胄，得岁失岁，一脉相连。

　　不妨说，所谓失岁，实在并未失去什么。古人除夕作诗辞岁，总是伤感，不知道哪一首的境界到达了这个层次。

　　"年"已经过来了，凡是失岁的人，请你为后辈高兴；凡是得岁的人，请你对前辈心存善意。

　　"年"已经过去了，请老者继续为少者付出，无所保留，这乃是天意。请少者珍惜你所得到的，否则恐遭天谴。年还要继续到来，继续过去，人生代代无穷已，"逝者，如斯夫！不舍昼夜。"

与文友谈放鞭炮

今年农历新年，纽约市唐人街用电子烟火代替传统爆竹，由专门技术人员操作点放。

中国有句俗谚："买炮仗给别人放。"意思是愚笨，不合算，被人利用。放炮仗要亲手点火，亲自制造那小小的惊扰，小小的破坏，天地间因我而"多了些子"。在那一瞬间，我主导事物，产生影响。这是亿万小百姓最廉价的英雄梦。

百年来，常有人问："中国人，你为什么不团结？"答案当然一言难尽，现在谈的是炮仗，不妨顺便取材："不能团结，也许因为'炮仗要自己放'。"

在中国本土长大的孩子，谁没放过炮仗？买了炮仗要自己放，谁没受过这句话的影响？俗谚上升为格言，涵盖了立业和治事，其间乐趣，只有在不团结的时候才享受得到，所谓团结，总觉得不便与痛苦。

在中国，禁放鞭炮是一个漫长的运动，消防、治安、环保，都是理由。终有一天，像纽约一样，谁也不能自己放，大家必须买电子炮仗让别人放。放炮仗能够割舍，附加衍生的某些东西也许随之消失了吧。

最精彩的台词？

——为某老弟解惑

美国出版的《电影大全》，选出自有声电影诞生以来最精彩的十句台词，很能看出一些问题。

入选的十句台词，都取自著名的大片，通常大片是由"五大"（大导演、大明星、大场面、大成本、大公司）构成，强调电影语言，轻看文学语言，并非产生最佳对白的地方。倒是小片子要以文学补视听之不足，妙语隽词，所在多有。

举例来说，"亲爱的，我根本不在乎！"有什么精彩？只因克拉克·盖博说的，入选了。"庞德，詹姆斯·庞德。"凭什么最精彩？只因是《第七号情报员》里的台词，也入选了，其他八句，大抵如是。

倒是小片子里有些话，回味无穷，流传广远。像"人生有各种饥饿，不是面包都能够满足的"。（女主角挑逗男主角时所说。）像"肚子里满的时候，头脑是空的。"像"女人是男人的另一颗心，他知道她什么时候不跳了"。像"所有的枪声都响两次"，意思是你打人家一枪，人家也会打你一枪，也就是你怎样待人，人家也怎样待你。把两组对白比比看，是否后胜于前？

可是，编大全的人，绝不会笨到去选那些话，那些影片早已无人记得剧情和片名。亨弗莱·鲍嘉和葛丽泰·嘉宝熠熠星辉，《阿甘正传》与《乱世佳人》光芒四射，《电影大全》要沾他们的光打知名度，选他们的台词做"十大"发新闻，才上得了主流媒体。

不只西洋人有这样的"好习惯"，中国的事我们更熟悉。李承修建的一条河堤，范仲淹重修了一下，那条堤就改个名字叫"范公堤"了，并不是范公要改，而是当地人认为范公名气大、地位高，诚心跟他拉关系、充面子。这一类掌故是不胜枚举。

我年轻时对这一类行为看不惯，常骂人家势利，现在不骂，总算没有马齿徒增。人有灵性，有物性，富贵不能淫是灵性，财帛动人心是物性，对灵性要追求，对物性要同情。

纽约华人有一位知名之士，曾遭受重大挫折，一度精神十分沮丧，因读我的某一本书得到安慰鼓励，逐渐复原。他亲自如此告诉我。可是他后来公开演讲，反复说是《易经》救了他，对我的书绝口不提。读《易经》多有深度！多有面子！我完全赞同他的选择，为他热烈鼓掌。我一面微笑鼓掌，一面嘉许自己真有人情味。

致实习记者某弟

恭喜你得到一个多人角逐的职位，在这个社会，我们可做的事已经不多。

新进总是苦涩的，要像酿酒酿蜜一样，酿出滋味。常常设想：等我资深，一定善待后之来者。一念护神，百毒不侵。

跟紧你的采访主任，像小锣紧跟大鼓，明里暗里，吸收他的身教言教。去看看小和尚怎样紧跟大和尚，研究生怎样紧跟指导教授，实习医生怎样紧跟内科主任。

不要轻言放弃。你是在高速公路上开车，只能向前，到前面看新路标，找新出口。珍惜现有的，创造机缘，不要丢掉已有的，等待那渺不可期。

如果把所有的行业分为两类，你加入了受人尊敬的那一种。记者是"施者"，把讯息和知识授予别人，借用佛教的名词，这叫"法布施"，是大功德。好记者都欢喜这种施予，杰出的记者群中没有天性悭吝的人。

必须关怀别人，有人才有新闻。关怀有钱有势的人，大名大利的人，不要认为自己趋炎附势。也要关怀无依无靠的人，多灾多难的人，不要认为自己纡尊降贵。重要的新闻大都发生在这两种人身上。"人"应该是你最大的嗜好，你没有心情孤芳自赏。

恕我提醒，报纸不是你的，也不是我的，莫忘了从课本上念过的："天地万物，莫不有主。"施予也许是副目的，但是天赐良缘，在你，这是主目的。要弄明白你有多大空间，更要明白：你在这一行里越杰出，你的空间越大。

祝福你。

论莫须有

——与高科技工作者某兄

秦桧指控岳飞谋反，岳飞的战友韩世忠向秦桧要证据，秦桧告诉他：其事体"莫须有"。

"莫须有"是什么意思？史家有好几种说法。我想，秦桧的意思应该是：谋反是何等事！难道还要等他真刀真枪干起来才算数？

南宋时代，由于技术上的困难，朝廷对掌握军队没有信心，但凭敏感，防患未然。秦桧此语一出，韩世忠大将也无计可施。

到了今天，通讯方便，军中监察制度确立，情报管道多，政府对万里之外的军心士气，了然于心，千年难题，一朝解决。可是另外有件事，还是常常需要用"莫须有定律"来对付，那就是间谍疑案。

新闻报道说，美国发现"有敌意的国家"制造的核弹弹头，和美国研发出来的最新产品相似，认为对方窃取了美国的国防机密，证据呢，目前还没有。机密是怎样泄露出去的呢，殃及了一个华裔科学家，证据呢，目前也没有。

据说间谍是不留证据的，等到证据确凿，悔之晚矣。这是"莫须有"原型的现代版，即使今天的韩世忠出面，也问不出个名堂来。

间谍嫌疑就像艾滋病，目前还没有研发出医治的特效药，必须小心预防，尤其是母国被列为"有敌意的国家"，后裔更是马虎不得。

也许可以说，一个"古意人"（老实人），坐在敏感的位子上，大可不必出入谍影重重的世界，去搞什么交流。也许，今生今世，人人都该提醒自己，必须有"片叶不沾身"的本事，再去"打花丛里过"。

不要说你跟核弹是两个世界，今天的世道太复杂，中国城卖饺子的老乡，也曾因细行不检，段数不高，惹上诸如此类的麻烦。

台语称老实人为"古意人"，很好，上纲上线，古意就是古道、古风，就是守身如守城，就是"君子防未然，不处嫌疑间"，就是事有所不为，友有所不交，地有所不入，荣誉有所不屑。

　　江湖风波多，愿天下老实人想一想"诸葛一生惟谨慎"。东汉末年，三国鼎立，诸葛亮在西蜀为相，东吴派他的哥哥诸葛瑾为特使，到西蜀修好。诸葛亮在外交会谈之外，没跟哥哥说一句话，外交筵会之外，没跟哥哥喝过一杯茶。今天读这段历史，怎不令人想它老半天。

为老友解说一种历史现象

每当历史发生变革之时，照例由一批先锋开始。先锋的历史使命是破旧，所以出之以过激。过激，起初也许有理由（策略？）可是过激会引发互相竞赛，终于把激烈提高到完全不必要的程度。我们应该记得，"五四"时期的白话文运动，怎样否定文言文和线装书。

当狂热的先锋们醉心于大破大立（也许是大破小立，或只破不立）时，他们中间即使有人认为太过分了，也无力反对，因为集团的压力是不能抗拒的。我们应该记得，法国大革命发生后，先是革命群众杀贵族，后来就是革命群众中的过激派杀温和派。

这是历史的一个过程，他们拆掉旧屋，等别人来盖新楼。将来如果有机会，盖楼的人会对拆屋的人称道几句，但天下后世景仰的是盖楼的人，通常所谓立功、立言指的是盖楼，不是拆楼。

伟大的人设计盖楼，幸运的人参与盖楼，拆屋的人还是吃了亏，并不合算。可历史是个专断的导演，往往不许人自选角色。当然，拆屋的人比上不足，比下有余，脚底下也还有踩着垫着的呢，这就叫人下有人。

在乡石

洪连先生想起他故乡的花岗石，撰文娓娓而谈，我因之想起吾鲁的红丝石、金星石、燕子石、徐公石。

山东省的地形像一只骆驼，这只骆驼的肚子里有一大块结石，就是日本人所称的"三角山地"，著名的沂蒙山区是这山地的一部分。上述各种石头，都是偌大山地中的名产。

名气最大的是红丝石。这种石头上有红色或黄色的细线，密集、平行、垂直，好像刷上去的一样。这叫作"刷丝"。刷丝也可能旋转环绕，如环带波浪。它的颜色，古人用两个字形容，一个"鲜"，一个"润"。石头的颜色最忌暗淡枯槁、没有生命力，所以要"鲜"。如果鲜而流为俗艳浅薄，也是下品，必须内蕴外现，厚积薄发，谓之"润"。

这个字在中国文化里有重要的意义，只可意会。

红丝石可以做很多东西，最著名的是砚。这种石头往往有好几层颜色，砚在一个平面上有深有浅（有受墨的地方，有受水的地方），可以把石头内层的颜色展示出来。砚讲究"发墨"，也就是很容易把墨磨好，这和砚石的纤维有关系，红丝石据说完全符合要求。柳公权、唐询、李后主和乾隆皇帝都把红丝石砚抬到最高，有人认为超过端砚。山东名列中国四大产砚区之一，《辞源》也收了"红丝石砚"一条。

不过现在红丝石的矿源枯竭了。现在从市面上看到的红丝石，刷丝不匀，线条短而交叉，颜色好像沾了脏东西，这样的石头已不足与以前的盛名相符。唐宋之际，红丝石砚的名作想必不少，千年之下，能流传到今日的也不多了。爱石成癖的人仍然常常到废弃的矿坑里去搜，以"拾穗"的精神企求偶然的发现。

所谓燕子石，石上有三叶虫的化石，形似燕子，因而得名。有些三叶虫比较肥胖，似蚕非蚕，环节分明，左右开张如蝙蝠，仰卧石上，所以又叫蝙蝠石。有时虫形支离破碎，一首一尾一肢一节纷然杂陈，这是下品。有时虫阵密集，图案奇特，这是上品。三叶虫是远古的生物，想三亿年前，山岩急速形成，无数只三叶虫葬身其中，成为岩石最坚硬的部分，令人摩挲凭吊，除了玩赏，兼有在历史的长河中临流待渡的心情。

燕子石的石质平常，但化石名贵。王士祯《池北偶谈》记一方蝙蝠石砚，说"背负一小蝠，一蚕腹，下蝠近百，飞者伏者，肉羽如生"。一石之中，燕子蝙蝠都有，是燕子石的异数。我也看见过一方燕子石砚，砚堂（受墨的地方）布满了"燕子"，其他地方则干干净净。砚堂必须经过琢磨，居然磨出一"窝"化石来，而且分布在一个层面上，不必弄得凹凹凸凸。这也是难得的奇珍。买一个印泥盒，盒盖上恰恰有两三只蝙蝠，在当地市肆唾手可得，带到远方就有资格展出。

我要特别介绍一下徐公石，此石产于徐公店一带的土壤之中，当地居民耕田或者盖屋时随手可以一块一块翻出来。石片不大，多半正好做一块砚台。通常采石要炸山凿洞，采得石块以后还要动手分解，工作艰苦，徐公石就平易近人。有些石片中间微凹，正好受墨，孩子拣一块放在书包里就行，连雕琢磨治都省了。所以徐公石砚又叫"天成砚"。

徐公石有许多颜色：茶叶末、蟹壳青、鳝鱼黄、沉绿、生褐、绀青、橘红。偶然一石之上各色交织，斑斓隐隐。有时石上有蚀文，有石乳，古意盎然。我最喜欢那种"海澄天青"的色泽，中有几抹云痕鸳影，"清辉玉臂寒"似为这种石材写生，观之生"夜夜心"。石上又有所谓"冰纹"，如春冰初解，线条极美。上等的徐公石超出"中下"的端石，端石的"银线"尤不能和"冰纹"相比。

我对徐公石有偏爱。依我看，红丝石到底闺阁情调太浓厚，难怪是《桃花扇》里画桃花时所用的道具。燕子石的价值在"燕子"，用以制作小型的摆设，趣味也集中在"燕子"，若论石质石色，前代人讲究的是净、腻、莹（植物的颜色，动物脂肪的润泽，日月星辰的光线），它好像没有。至于石质细致，古人要求"如孩儿面，如美人肌"，上等的徐公石始足以当之。

山东还有金星石，名气大，与王羲之有关，我目前了解不多。古人认为"地以石为骨"，这个骨是头骨，因为地质学说石是地壳的材料。古人又说石头是"土之精"，《辞源》解释说石头是"土之坚硬成块者"，两者暗合。世界上真有人爱石头，米元章以石为兄，邝子湛以石为妾。炼石补天，衔石填海，这些故事的创作者恐怕也是爱石人。好的石头"石中有画，画中有诗"，这话我倒懂得。

当年山东山区里的居民是出了名的穷，"地之骨，土之精"害了他们。现在用新法开采石矿，加工做各种工艺品，忽然发现上天有好生之德，石头照样养人。骆驼肚子里的那一大块结石变成营养品，慢慢消化吸收，可以惠及万世。我也弄来几块石头，朝夕供奉，它不是兄，不是妾，是那些乡亲的财神。

龟兔赛跑复议

顷在《侨报》副刊拜读凌先生《龟兔赛跑别议》一文，很有意思。他认为这个故事"将本能不同、个别行为突发现象与通常行为普遍现象扯到一块来相比，不合逻辑"。他说此一"人为的想象设计，寓意过于单薄牵强"。他反对薄兔子而厚乌龟。

凌先生文中提到，大陆上有位作家重写《龟兔赛跑》，先跑到终点的是兔子。这篇翻案文章我没读到。我记得林语堂先生写过几则《新伊索寓言》，描写兔子在赛跑途中活蹦乱跳，忽而到河岸喝水，忽而到树林里和鸟兽玩耍，最后一个冲刺到达终点，把乌龟抛在后头。林先生加在篇末的按语是，有天才的人毋须死用功云云。

诚如凌先生所说，寓书出于"人为的想象设计"，而作者之所以如此设计，是以此为"容器"，安放他的"哲学"。凌先生认为今天的竞争者贵在发挥天赋，改正缺点，讲求方法，并非墨守成规埋头苦干可以制胜，这是另一种哲学。林先生认为先天禀赋比后天努力更重要，"勤能补拙"只是"不无小补"，这又是一种哲学。伊索的龟兔赛跑非为这两种哲学而设，因之格格不入。

奉哲学的名，伊索可以使乌龟胜利，林语堂可以使兔子胜利。别人还可以别出心裁，例如使兔子和乌龟同时到达终点，示天才和努力之不可偏废。或者制造一种情况使兔子在最后关头功败垂成，天下事虽曰人事，莫非天命。这些"哲学"可以分优劣、定高下、决取舍吗？也许可以，不过论题已在文学之外。

我想，聪明人不肯下苦功夫，是人世间的一个永恒现象。有位教育家在无计可施之余喟然叹曰，这是上天留一条路给不太聪明的人走，让他们也有生存发展的机会。《龟兔赛跑》是寻常文章，不能涵盖及解释全部人生，但亦得其一隅。还有，就文章技术而论，人人知道乌龟跑不过兔子，一眼可以窥穿谜底，伊索必须"出其不意"，来激发读者的兴味，引导读者思考。职是之故，伊索建立的这个原型还不是那么容易淘汰的。

就文论文，寓言是一种比喻，比喻分"喻"和"被喻"两部分，这两部分只要部分相似，并不需要全体相似。"车如流水马如龙"，车和流水本不相涉，一是固体，一是液体，但在某种情况下，两者都是起伏流动连绵不断的线条，因此水可喻车。"鬓发似雪"，不仅都呈白色，联想到雪花覆盖山石树木，连形状也类似。文学家有独特的眼光，能从绝不相连的两件事物中发现共同点，创出新鲜的比喻，因此"第一个用花比女人的是天才"。

寓言是一种比喻，复杂的寓言是复杂的比喻，是许多比喻之组合，其组合之内层效果求深刻，组合之表层效果求动人，可以完全放弃"合理"。女娲补天，是因为天之一角塌陷，天之所以塌陷，是因为大力士共工氏撞倒了一根柱子。这故事多么荒唐？但是，谁能把它推翻？"刑天舞干戚，猛志固常在"，刑天在作战中被敌人砍掉脑袋，他立刻用乳房作眼睛，继续战斗。故事又多么荒唐，谁能把它推翻？它们不靠"合理"而存在，反而因不合理耐人咀嚼，以它的譬喻功能而存在。

《龟兔赛跑》的故事也是如此。第一，龟和兔绝无赛跑之可能，伊索拉它俩同台演出，在当时即是一种创意。第二，以龟喻天分低条件差而能坚忍不移的人，以兔喻天分高条件好而轻浮、安逸的人，"喻"和"被喻"都有部分相似，可以纳入组合。第三，龟兔竞走，胜利的竟是龟，荒唐之至！惟其表面荒唐，才把那"不荒唐"的内层含义衬托出来：这两种"人"的确常常生活在一条跑道上，而行者常至，为者常成。

《伊索寓言》的内容确实失之简单，它之风行世界，是以儿童读物的身份出现的，然而它是古典，古典多半简单，后人的态度多半是演绎它，找出它隐藏的意义，甚至赋予它本来没有的意义。《愚公移山》何尝禁得住"逻辑思考"？现在不是也能为"现代化"服务吗？

中国爱情

爱情无所谓中外，那是人性。爱情表现的方式中外有时不同，那是文化。

诗人非马有咏连理树的短诗，甚隽永。连理树的故事始见于《搜神记》，大意说，战国时宋康王夺了韩凭的妻子，韩自杀，韩妻也自杀。康王大怒，禁止他们夫妇合葬，故意使两坟隔一段距离，彼此相望，并说，看你们两个坟墓能不能自动合并。结果：

宿夕之间，便有大梓木生于二冢之端，旬日而大盈抱，屈体相就，根交于下，枝错于上。

坟不能合，以树合，速度如卡通电影，精诚所至，使人震骇。《搜神记》没有记下康王反应，好像这个暴君只是为彰显爱情的不朽而设，事成，他便"出画"了。

宋康王没有下令伐树，到此为止。韩凭夫妇的冤魂也没有化为厉鬼危及人世，以倔强但是与人无害的方式表示了抗议，双方都很"中国"。甚至可以说，韩凭夫妇的幻化是"大地受了侮辱，却报之以鲜花"，以连理树为自然界添一景观，境界超乎"你侬我侬"之上。我想这就是中国式的爱情观。

连理树使人联想到《梁祝》结尾时的两只蝴蝶。无限悲苦，升华为美，摆脱真痴，遗世御风，使人目送神移，悠然忘我。《梁祝》的情节比较复杂，可以驰骋想象发挥文才的地方比较多，所以这个故事"发育"得特别好，把"连理树"掩盖了。

就古典文学的题材考察，中国式爱情有一个特点，那是士子与妓女的恋爱。据说，世界上任何国家，在爱情的舞台上，妓女出场的次数都没有这样多。这是因为古代士子受礼教约束，没有和女子社交的机会，情爱的对象只有娼妓。而那时没有梅毒和艾滋，妓女又大都受过文化方面的调教，白居易在杭州做官，忆妓诗多于爱民诗，反被视为风雅。

古代士子的婚姻，大都没有经过恋爱的阶段。夫妇是

"人伦"，责任多于激情。像苏东坡、白居易那样有身份的人，也不可以在诗词中渲染和发妻的"狎昵"。再说，士大夫在夫妻之间是否真有痴男怨女销魂蚀骨的深情，大成疑问。胡适说中国人"先结婚后恋爱"，恐怕只是外交辞令。如此这般，文人浪漫的一面，只有借着娼妓发挥出来。

娼妓卖身，没有自由，而士子游宦无定，也并不是非常有钱，他们的"恋爱"，往往"多情自古空余恨"，或"海棠应悔我来迟"。唐代诗人罗隐写过一首《赠妓云英》：

> 钟陵醉别十余春，重见云英掌上身。
> 我未成名君未嫁，可能俱是不如人。

"掌上身"当然是用了赵飞燕"掌上舞"的典故。它有两层含义，一是体态之美，二是作"大腕"手中的玩物。我猜罗隐的用意偏重后者。"重见云英掌上身"，十年后再见，你怎么仍是原来的身份？这才想到"我"也没有成名，也和原来一样。"可能俱是不如人"正话反说，没嫁掉，也没成名，都是由自身的优点造成，例如品位气质等。诗因此一句成为名篇。

中国式恋爱还有一个特殊区域，即人与狐的爱情。狐，俗称狐狸，其实狐是狐、狸是狸。人狐之恋由来已古，集其大成，蔚为大观的是《聊斋志异》。

在《聊斋》里，狐常常化身美女，挑动男子，打破传统的被动形象，使爱情故事面目一新。狐有异能，常常化无为有，未卜先知，丰富了爱情故事的情节。更重要的是，狐是异类，不受"风化"裁判，反而可以充当"礼教"的反面教材，因此作者有更大的自由，可以触及"性"的领域。《聊斋》对性的描写超过《西厢记》而略逊《肉蒲团》，因文笔优美文字晦涩而为上流社会所容忍，是中国文学的异数。

据王善民先生研究，狐之出现，启动了中国人的性幻想，解放了礼教束缚已久的潜意识，所以《聊斋》风行而且不朽。《聊斋》绝非仅仅文笔过人而已。

天地不为一人而设

——复关汉卿专家

　　谢谢你，从家乡来的消息总是动人心弦。你说，东海孝妇墓要重修，不知怎么个修法。孝妇墓就是窦娥墓，窦娥就是"六月雪"的女主角，戏听过，墓也见过。

　　孝妇墓在郯城城东，长三十米，宽三十五米，封土高四米半，我当年在墓前想到"人生自古谁无死，留取丹心照汗青"。现在杂念多，看事情东拉西扯，我想，孝妇多矣，冤狱也不少，窦娥能有这么一个墓，恐怕是和郯城之西的"于公墓"相互辉映。于公是于定国的父亲，而于定国在汉宣帝时为相，是一位贤臣。这位于公在世时担任东海郡的司法官吏，承办窦娥的案子，力主孝妇无罪。太守不采纳他的意见，他因而辞职。于公是小吏，死后有丰碑隆冢，当是东海郡"看子敬父"，为彰显于公之贤，窦娥是最有说服力的证据。

不过您是纯正的文人，宁愿相信不朽的窦娥是靠关汉卿的剧本，而于公又是沾了窦娥的光，这就像是传说《马赛曲》掀起法国大革命、《黑奴吁天录》导致美国南北战争，凡我操笔之士宁信其有。这样，就显得我们的专业很重要，可以做历史的加油器或刹车。关汉卿的《感天动地窦娥冤》是一等一的好戏，脱胎而出的《六月雪》也是一等一的好戏，可是，这里面有一个问题你想过没有，你听谁说过没有。我现在甘冒不韪，向你一吐为快。

窦娥是孝妇，是节妇，没有问题。窦娥遭人陷害，罪名是杀人，太守糊涂，判她死刑，这是天大的冤枉，没有问题。冤狱应该昭雪，庸吏酷吏应受处罚，当然也没有问题，即使窦娥英灵不昧，毒怨在心，对仇人有什么自力报复，我也可以接受。可是，她在临刑之时竟然说，为了证明我含冤负屈，此地要在夏季降一场大雪；这还不够，为了证明我含冤负屈，此地要大旱三年。我的天，六月飞雪，农作物都要冻死，下半年的收成幻灭，千万农夫的"汗滴禾下土"徒劳无功，只因为自己这一口冤气梗在胸中，就要这一方百姓挨饿受冻。不仅此也，这大旱三年，没有收成，饿死多少？瘟疫流行，病死多少人？又有多少人求生不得、求死不能？这其中有的是善良百姓、忠厚人家，他们又朝哪里去喊冤？

我由窦娥想到张献忠，这是很大胆的联想。张献忠，陕西人，跟着他父亲"赶驴"为业，"赶驴"是出租驴子的脚力运货或者驮人。他们走到内江县城停下来休息，把驴子拴在张家祠堂大门外的旗杆上，依当时的习俗，这是对张家的冒犯，何况驴子还在旗杆旁边拉了屎。张家管理祠堂的人把张献忠的父亲抓起来抽了一顿鞭子，并且命令张父跪在地上用嘴把驴屎一颗一颗衔起来"打扫"干净。那时张献忠年纪虽小，却有大志，他发誓有一天要杀尽内江人。

也是活当有事。过了几个月，张献忠和他父亲赶驴又到四川，献忠在野外出恭，顺手摘了一片叶子当作草纸，他不知道这种"蛤蟆叶"上长满了茸茸的细针，这些软毛黏在肛门周围先是奇痒无比，继之肿痛难忍。于是献忠咬牙切齿：四川的野草也欺负人，有一天，我要杀个寸草不留！

毫无问题，张献忠父子受此对待令人碍难坐视。毫无问题，内江的豪主恶奴必须受到制裁。但充其量不过是演一出"杀家"罢了。何至于要把内江人杀完，何至于要四川"寸草不留"。何况张献忠的伟业并未画地自限，张献忠可曾想到，当他宣示"杀杀杀杀杀杀杀"的时候，他已集残忍凶悍之大成，内江的土豪早已不值一提。要除小暴君，自己必须做大暴君；只因这世上有一人冤死，我必使之冤死千万人。这如何得了？

东海孝妇的故事上起刘向，下迄程砚秋，由小变大，由瘦变肥，发育的过程漫长，而内在逻辑大致一贯，那就是，"被侮辱与被损害的"有天降神授的某种特权，包括荼毒生灵的权力。在关汉卿，这只是一种幻想；到张献忠，那就创造了历史。"特权"的预言大快人心，到头来却是"被侮辱与被损害的"一并饿死或杀死。时间如此之久，历史教训如此之多，伟大如关汉卿也不能另起炉灶、改烹新味，这就怪了！

此刻，我的快乐幻想是，一杯清茶，两盘干果，几滴雨声，听听你对这个问题的意见。"被侮辱与被损害的"不能有，如果有，必须恢复他们的什么权……你叫它什么权都可以，唯独不能是特权。

都是选择惹的祸

——再复关汉卿专家

我曾对窦娥和张献忠略有微词，你认为那一切都是社会造成的。这"社会责任论"倒是外面流行的意见，人人耳熟能详。在美国，如果有人犯了滔天大罪——例如，端起机枪朝着满街行人扫射，第二天，报纸会说，这要怪他的父母在6岁的时候离婚；或者说，这要怪政府的经济政策使他失业；或者说，这要怪一九几几年美国介入了越战；或者说，这要怪"卫生局"不能扑灭艾滋病，使他的性苦闷不能宣泄……什么都要怪，只是不去怪那个犯罪的。

你还记得刘永福吗？他是在我们的历史教科书里出现过的人物。他在同治光绪年间破敌于安南、台湾，也曾在南海、惠州等地为民众谋福利。武将能够"功在国家"也许不足为奇，同时又"泽及百姓"可就难得了！他的官职虽然不高，他这个典型却甚为完美。

可是，"社会"是怎样对待刘永福的呢？ 他的家境十分穷困，母亲以接生祷神为业，每天早晨为刘永福梳好小辫子就出门，深夜始能回家。10岁，刘永福在摆渡过河的船上做小工，常常赤足单衣冒冷雨站在河岸上等母亲归来，远远的先听见了母亲的哮喘声。他扶着母亲，娘儿俩手足冰冷如雪，一路上发着抖打着寒噤回家。按说，在这种环境里成长的孩子"应该"是偏激的，可是他没有。

刘永福8岁那年，一家人实在穷得无法生存，全家迁往广西投奔他的本家哥哥，每天步行80里，不幸他的本家哥哥就在这个时候破产了。这件事使永福一家陷入绝境，在他22岁以前，他的父亲母亲哥哥弟弟还有一个叔父都贫病交迫而死。他母亲去世的时候，邻人凑钱买棺，他托一个本家弟弟代办，这人好赌，拿了钱一去不返。我们设身处地想一下，他的日子是怎么过来的，"动心忍性"四字岂足以形容！按说，在这种压力下长大的青年，"应该"是变态的，可是他没有。

如果刘永福的影子已经模糊不清，武训一定还活在你的心里，我们的国文教科书以民谣风的七言长诗记述他的义行，大陆上拍过电影，又清算了那部电影，不啻为武训的不朽之身鎏金镀银。武训本是目不识丁的孤儿，年年出苦力做长工为生，雇主欺他不识字，造假账吞没武训的工资。今年如此、明年仍然如此，甲雇主如此、乙雇主又是如此。按说武训"应该"自暴自弃，或者愤世嫉俗，或者铤而走险，可是他没有。

武训认为他之所以受人欺压，主因是不识字，而他之所以成为文盲，由于小时候没有人替他缴学费。那时失学的儿童极多，武训决定创办免费施教的义学来解除这些人的痛苦。他当时一贫如洗，用行乞、做手工、唱歌、给小孩子当马骑种种方式赚钱，积少成多，聚沙成塔。他有了钱，怎样长跪在财主门前、哀求放贷生利，他办起义学、又怎样长跪在老师宿儒面前、哀求有教无类，极尽艰辛、为人之所难能，这里也不用细表了。必须提到的是，后来武训兴学，成绩斐然，山东巡抚上奏朝廷，皇帝特地赏给武训黄马褂一件、捐款簿一本。如果武训穿起黄马褂、拿着御赐的捐款簿登富商巨绅之门，岂不等于奉旨要钱，谁敢不给？他如果以权谋私，挪用捐款，娶个老婆，每顿饭炒一两个小菜，皇帝似乎也会默许，即使挥霍无度，弄出大纰漏来，"社会责任论"者也不怪他。可是武训仍然居陋巷斗室，每天用白开水送咸菜馒头下肚。人何尝必然是社会的机械玩具？

有时候，我想，如果一切都由"社会"负责，倒也好玩。"社会"使四川内江的富豪侮辱张献忠父子，又使张献忠起事杀人，这种以百姓为刍狗的社会要不得，"社会"再使一批人打碎它，它导演了一出大戏，其结局是自毁。就戏论戏，确是上选，只是我给"人类"找不到座位。这样的戏人类"玩"不起！

我们的圣贤认为"社会"是一道又一道选择题，人要对自己的选择负责任。一样米养百样人，人和社会的关系不是罐头和工厂的关系。以"选择"取人，有些人我们崇敬，有些人我们体谅，有些人我们深恶痛绝，要看他的选择发生什么样的后果。虽然说，谈到价值标准，争论很多，无论如何窦娥决心使东海大旱三年，张献忠起事屠城血染千里，在任何一种社会都并非乐见乐闻。

写到此处，消息传来，河北山东严重干旱，黄河下游已经枯干。我想我不必写下去了，因为你就在灾区之中！

摔

　　当年罗斯福做美国总统，他到一家饭店去演说。事毕，罗斯福出店登车，安全人员希望总统不要被门外行人注意，就站在门口仰首望天，那经过此处的人见了，也纷纷用目光搜索天空，其实空中连白云也没有。罗斯福趁此机会走进座车，竟没有被那些人发现。

　　一位朋友在纽约市和台北市各做一次重复试验，他们一家站在闹区某大公司门外看酸了脖子，没有一个人停下来问他们发生什么事，唯一的反应是有人带着孩子吩咐他们："让开！"朋友亦庄亦谐地说，住在台北的要人不必再施罗斯福的故伎，这个老法子今已失灵。

　　我那好求甚解的朋友所以多此一举，并非替大人物献策开道，他是受到张晓风教授一篇文章的启发。晓风女士在她的散文里说，某某古刹有一件世代相传的镇庙之宝，通体用琉璃做成，既怕失窃，又怕损毁，该寺当家的方丈时时牵肠挂肚，唯恐万一。有一天，方丈忽然想通了，把那宝器捧在手中用力朝地上一摔。不用说，宝器立刻变成碎片，再变成垃圾，而方丈从此无沾无碍，此心光明洁净，成了有道的高僧。

这个故事爽脆可口，虽在这蛮夷之邦，也茶余酒后屡被提起。大家都觉得该"摔"的东西太多，这"掷地有声"实在不亦快哉！我说过，我曾参观一座僧众逾百的大庙，适逢他们举行消防演习，僧众训练有素、指挥有方，泥里水里那股赴汤蹈火的干劲，使我想起陆战队。我说我也曾稍稍涉猎佛书，某些高僧对怎样训练一个徒弟，怎样管理一群僧人，倒也颇有操纵擒拿，与世俗所谓统驭之术息息相通，这三学三宝之事岂是一摔了得？朋友说，"你若把这番话写成文章，我保证没人爱看"。

朋友说，他做的实验表示"今人"摔掉了"古人"身上的一些东西，那些东西曾经被人评价甚高，例如对别人的关心之类。懂得方法学的人也许对这个结论嗤之以鼻，但这是谈生活经验，不是谈学术研究，"实验"在这里只是一个"楔子"。生活经验常被后来的学术研究加以证实，所以游谈无根亦不伤大雅。

到底是哪些题材、哪些情节前人爱看，今人不爱看了？倘若罗列对照，察其所以，岂不是很好的论文？步兵在战场上搜索前进，一个小兵（身材瘦小也）踩着了地雷，只要他一举步，地雷立刻爆炸，他只有牢牢地站定，等全队人马安全地隐蔽起来；他再粉身碎骨。这情节，在以第二次世界大战为背景的美国片和以惩越之战为背景的中国片里都出现过，那小兵身上背负的不只是背包，而无分中美，对他所背的东西（无形的东西）都有兴趣。可是如今，我想已不足以"脍炙人口"。

穷则变，变则"摔"，新的设计是，小兵一脚踩住了地雷，同队的人都疏散了，独有他的班长蹲下来叫他不要慌张。班长抽出刺刀来轻轻地伸进小兵的脚底下，重重地向下压，压住地雷的弹簧帽，先让小兵脱身。直升机缓缓吊来一箱炮弹，班长用炮弹箱压住地雷的弹簧帽。最后一个步骤是，炮弹箱连着一根长长的绳子，班长跑到远处伏在地上拉那根绳子，炮弹箱滑动，地雷爆炸，这时地雷威力所及之处空无一人，谁也不必壮烈牺牲。好极了！

话到此处，不能不提鹿桥的长篇小说《未央歌》，这本书写抗战时期的流亡学生而毫不沾惹时代忧患，男女学生略如年画中人，论者嗟嗟称奇。著者说他要把书中的人物与时代用风快的刀"一刀切开"，这一刀，就是"摔"。长沙大火、中原大水，摔了吧。南京大屠杀、重庆大隧道，摔了吧。不能归田的老兵、不能兑现的公债，摔了吧。不摔，读者的精神压力太大，不堪负荷。忠臣义士无非血肉模糊一团，叫人怎么受得了，怎么受得了！所以这本书越来越畅销，为抗战文学立一别裁，为"摔"的文学建一典范。胡兰成的《今生今世》写流亡学生唱歌比说话多，宛然落花流水，可是他失败了。他居心为汪精卫开脱，想让读者换一个更重的包袱，岂不枉费心机！

片羽沉舟，一根草压死骆驼。今天国人的精神超载，像飞机的机件出了问题，一件一件往下抛行李。啼血的杜宇将在文学中绝种，填海的精卫将在文学中退休。纪刚写《滚滚辽河》，为抗日英雄立传，他很感慨地说，我不是为人在茶余酒后提供谈话资料！我怕，我担忧，将来史学中的英雄自有立足之地，文学中的英雄只有栖身于渔樵闲话了。

失出和失入

"无罪"并非一定就是"清白",这个观念我能接受。法律假设人人无罪,除非你能证明他有罪,因此,在法庭上,"无罪"的意义乃是"我查不出来你有罪"。

可是,其人到底有罪没有罪?也许没有,也许有。人一旦成为刑事被告,名声往往很受打击,就是因为许多人宁信其有。莎剧台词有一句名言:"你能进衙门,不能进庙门。"这句话好像在说法庭并不是真正能够证明无罪的地方。

是的,司法机关可能把有罪的人断为无罪,但是它也可能把无罪的人断为有罪。在中国,前者称为"失出",后者称为"失入"。失出固然可怕,失入岂不更令人绝望?"无枉无纵"最理想,但百分之百准确显然不可能,天平究竟偏向哪一边？我们的先贤在深思熟虑之后毅然说："罪疑惟轻，功疑惟重，与其杀不辜，宁失不经。"也就是宁纵勿枉，宁失出不失入。这思想与现代进步国家的法律精神不谋而合。

最近，美国发生棒球明星辛普森"杀妻"疑案，在经过冗长的审判之后，被告无罪开释，舆情哗然，我倒能够接受这个判决。法律重事实，建立事实靠证据，不靠推论。所谓证据又指直接的积极的证据，不是指某种情况。"杀妻"是一等一的重罪，被告面临生死关头，采证当然要严谨，既然检察官提出的证据有其可疑之处，则"罪疑惟轻"也是对的。

有人说，辛普森能判无罪，还不是因为他有钱？有钱才请得起那么高明的律师，若是换了穷人，别想得到这个结果。我想，辛普森打这场官司不论花了多少钱，这些钱都未用于行贿，而是用于聘请律师辩护，由律师发扬法律"保护被告"的精神。辛普森无罪是由于法律中的某些条款，那些条款当初制定的时候，根本不知有辛普森其人。讼案的结局不是枉法得来，而是行法得来。这让我们一些曾经由"治乱世、用重典""宁可错杀、不可错放"口号旁边经过的人有说不出的感动。

又有人说，辛普森是黑人，黑人支持他，如果判他有罪，将会引发黑人暴动。我想，倘若根据"可疑"的证据判为有罪，黑人一定暴动。倘若检察官真的找到了凶刀，凶刀上有完整的指纹，血迹化验又未经过污染，黑人能硬说疑凶无罪吗？我认为黑人所争有其底线，他们绝没有打算立下"规矩"——黑人即使真杀了人也不受法律制裁。由于他们的压力，法庭对辛普森案绝对顾到了被告的权益。一个少数，一个弱势族群，能发生这么大的作用，使我们感慨万千！

我知道，很多人对"保护被告"有很大的意见。法律保护暴徒，谁来保护被害人？依我的看法，当某人以手枪抵住你的太阳穴时，法律当然是保护你的，例如说，你如开枪打死他，法律承认你有自卫的权利。或者，警察适时赶到，当然要逮捕他。但是，一旦他被逮捕，法律就开始保护他，防止诬告，防止构陷，防止夸大罪行，防止非法凌虐。"刑当其罪"也是一种保护，防止轻罪重判。要知道法官没有天眼通、天耳通，罪案发生时他也不在现场，他不能"天生地"和受害人站在同一立场，他要做他该做的事情。

"宁枉毋纵"和"宁纵毋枉"都有流弊，只好两害取其轻。假使这里有一个人遇害，警察当然要搜捕凶手，倘若存心"宁枉"，就容易抓错人。法院量刑抵罪，倘若存心

"毋纵"，就容易杀错人。如果抓错了人也杀错了人，草草结案，那就冤死了两个人，一个为凶手所杀，一个为法律所杀，而真凶逍遥法外。

如果"宁纵"呢，那将出现另一种状况：首先是态度不会那么草率，轻易不逮捕，轻易不定罪，也许最后无法破案。没有破案就不能结案，司法机关就要继续调查，将来有朝一日还可以逮捕真凶归案。最近报上就有一条新闻，29年前的一桩命案现在侦破了，29年来，这个悬案一直有人负责。

我知道，凡是正直的人，善良的人，都希望法律能严厉一些，司法效率能更高一些，程序上能简化一些。一个正直善良的人认为他自己永远不会犯罪、永远不需要为被告为嫌疑犯处处设想的法律。法律面对芸芸众生，根本不知道谁犯了罪，根本分不清谁是好人谁是坏人，法律必须对我们一视同仁，如果宽大，我们都受益；如果严酷，我们都受害。斯大林当政时，公安部门对下级发出命令，限期逮捕一个罪犯，命令中附有三张照片，一张从正面拍摄，两张从侧面拍摄。几天以后，下级报告说，"三个"罪犯都逮到，而且都承认了自己的罪行。想想看，这样的司法固然绝不保护坏人，可是，它怎能保护好人？

人类的行为有轨迹可循？

小时候听到的故事是不会忘记的。据说吕后、萧何谋诛韩信，在未央宫中将韩信生擒。韩信说，他兴汉有功，高祖许他"三不死"：其一，见天不死；其二，见刀不死；其三，见人不死。虽然有这三大豁免，韩信还是不能苟活。吕后的理由是：所谓见天不死，未央宫不见天日。所谓见刀不死，可以用劈开的竹片割断韩信的喉管。所谓见人不死，吕后说："我是女人，女人不是人。"于是吕后亲手行刑。

"女人不是人！"编这个故事的人是认可还是在反抗呢？是安抚还是在讽刺呢？我们由这句话能够想见的是：从前女人受了多少委屈啊！

小时候认识的字是不会忘记的。奴，奸，妄，妖，都带女字旁。《国语字典》"女部"有17个字代表坏人坏事，罪恶都由女子承担。除了这17个字以外，文字学家还找出一些对女子不利的字："如"，是口中发出命令，女子服从。"奸"（姦），是三女相聚，一定有坏主意。"威"，是女子看见兵器，心中恐惧。

这究竟是造字者的本意，还是解字者的附会呢。造字者解字者究竟是做客观的呈现，还是做主观的规范呢。我们由这些字能够想见的是：从前女人受了多大的歧视啊。

如所周知，每一个社会都曾经或者正在牺牲一部分人。美国曾经牺牲黑人，"旧中国"曾经长期牺牲女人。如所周知，每一种被社会牺牲的人，迟早从社会取得报偿。对女人，我们的社会正在如此做，而且要继续如此做。人类的行为有轨迹可循。

为女子争权益，最早的出头鸟乃是男人。在男权支配一切的年代，男人才有发言权有影响力。但是现在，女子已经摆出堂堂之阵，扯出正正之旗。女子有了阵地，能攻能守，男人是否帮腔，无关紧要。女子有了自己的道统，自己的圣贤，男人中值得一提的，多半剩下些老封建、老沙猪。如此这般，事出有因，人类的行为有轨迹可循。

在这方面，女子的敏感显出男子的迟钝。有一次，我谨慎地接待一位女作家，称她为某某"先生"，她当场抗议，她说，男子在成人以后自然成为"先生"，女子却要有了相当的年龄、相当的成就才被人尊为"先生"，这是对女人的歧视和贬抑。她主张，女子男子分别有代表自己的符号，女人就是"女士"，不必借"先生"的光。但是，另一方面，也有女作家质问为什么要为女人另外造一个"她"字，为什么男人可以是"他"，女人就不能是"他"。这又主张男人女人共用一个符号，分别心即是歧视心。

我在看芭蕾舞的时候想到，芭蕾充斥"大男人主义"。男舞者总是强一些，主动一些，女舞者舞蹈的动作总是艰难繁复一些，曲意讨好的成分大一些。由此联想到许多事，文化创作中到处留下男权的影子，何止芭蕾舞！何止字典中几个带女字旁的字。怎么改正？怎么翻新定做？大开大合难，找个小孔出气容易，这才向"先生"向"她"吹毛求疵。人总是"向抵抗力最弱的地方走"，人的行为有轨迹可循。

从这里也可以看出中国的女权运动"同志仍须努力"。我想，凡是"文明开通"的人都该支持女权，理由不必多说，只要想想我们的母亲我们的祖母过的是什么生活。今人谈女权，"义正辞严"固然令我们唯唯诺诺，偶尔"矫枉过正""无理取闹"也没离开人类行为的轨迹。面对"口径一致"固然锐不可当，见"莫衷一是"也要鞠躬而退。运动如水，只要有个缺口往外流，就要拼命汹涌，外面终会汪洋，水终会从外面反过来包围一切障碍。人类的行为有轨迹可循。

人心不古？

人，大概越来越聪明。依今人看，像木马屠城那样的诡计怎么行得通，古人怎么那么容易上当。

西洋有"木马屠城记"，咱们中国有"金牛亡国记"。当年秦欲伐蜀，而蜀道艰险，大军难行，秦就谎称要送一些能够屙金的牛给蜀国做礼物。蜀国上下信以为真，以五丁的神力开山筑路，迎接金牛，结果引进来的是秦国的大军。蜀人怎么那样笨？

"人心不古"，这话可能是真的。当然，"古"这个字有几种解释。若论人的本性，贪嗔痴古今相同。若论心机智巧，现代人当然比古代人复杂，今人不会被一具木马骗过。用今人的眼光看，像"木马"这样的诡计也幼稚可笑。

人越来越聪明，因为人类能累积经验。

想当年项羽兵败垓下，率一支骑兵突围，途中向农夫问路，农夫说"左"，项羽"左，遂陷大泽中"。

后来统兵行军的人聪明了，像石达开，他脱离天京，率军入川，用当地土司做向导，押着土司一同走，等到大军迷路，就把向导杀了。

到了民国，革命军北伐，他们问路不止问一个人，把张三李四王五的说法互相核对，并且先派便衣人员探路，这种做法比石达开又周密多了。

不用说，现代的军用地图既详细又精确，平时早已测绘妥当，一旦有事，于帷幄之中见千里。向导？还真怕问路泄密呢。即使问路，也是声东击西，故意误导敌人。

"人心不古"，如果指的是这番演变，倒也不必反对。

现在纽约侨社的京剧团要演《赵氏孤儿》。这个故事只能演京戏，不能演时装话剧。如果把这个故事放在现代时空里，那就显得太牵强，漏洞百出。京戏里面的人物是古人，古人原就"头脑简单"（一笑），何况京戏是"有声皆歌，无动不舞"。在歌舞剧里，故事情节并非欣赏的重心。

我们不妨设想，如果屠岸贾是现代的独裁者或黑社会教父，他根据公孙杵臼的密报捉到冒牌的赵氏孤儿，断不会立刻把孩子摔死。他比古代的屠岸贾聪明，他一定要查明孤儿的真伪。同时，他要更加紧对孤儿的搜捕工作，以防敌人用假目标松懈他的注意力。

还有，那个挺身告密的公孙杵臼，现代屠岸贾断不容他"退身江湖，不知所终"，一定要用组织、待遇捆住他，长期查核他的历史背景、生活习惯、社会关系、经济来源，他哪有机会秘密抚养孤儿？

这样一对照，古人今人之间的差距就显出来了。这差别似乎不在道德境界。古代的屠岸贾和现代的屠岸贾半斤八两，都坏。现代屠岸贾吸收前人的经验比较多，在技术上集大成，看来像是特别坏些。至于古人，年代越古，人的知识经验越少，我们对他的了解也越少，我们就会觉得他的境界高些。

"人心不古"这句话，大概就是这样形成的吧？

也谈旷世奇女子

1997年8月30日，英国王妃戴安娜在巴黎因车祸身亡。9月5日，特蕾莎修女因心脏病在加尔各答逝世。这两条引人注目的丧讯同在一周之内发出，老天好像要故意引发世人的思考，使世人对这两位"旷世奇女子"做一比较。

戴安娜的确是一奇女子，奇在"朝为越溪女，暮作吴宫妃"。奇在绯闻不断，丑闻不断，而声望亦成正比例上升。奇在这位未来的皇后自己上电视公布与骑师通奸，奇在被迫退出皇室以后仍与各国元首政要往返频繁，更奇在锦衣玉食之余偶然为善，即受到全世界媒体近乎感激的称赞。

特蕾莎修女显然也是奇女子，奇在她忽然辞去校长职务学习医护，此后69年为"贫苦的人中间最贫苦的人"服务，她自己也过着穷苦的生活，把每一分钱（包括她自己得到的诺贝尔奖奖金）都用来照顾孤苦无依的垂死者、从垃圾箱里捡来的弃婴、麻风病人。有三千多人在她怀里去世。

奇之又奇的是，这两位女士在身后被世人相提并论，"两位旷世奇女子"就出自美国前总统克林顿之口。其实论新闻通讯的"量"，戴妃超过特蕾莎修女十倍；论溢美之词，也是"戴妃独得八斗多"。通讯称戴妃为"人民的王妃"，竟不加上"英国"，显然是有意膨胀她；通讯称特蕾莎修女为"贫民窟的圣者"，未免又有矮化之嫌。特蕾莎所做的，难道只对那些身受其惠的贫民有意义？她的德行只可用于贫民窟中？

当然，新闻通讯是人民大众的神经系统，新闻记者"春江水暖鸭先知"。于今世道不变，我们如果做民意测验，请世人二者择一，可以发现有无数的人愿意自己是戴安娜，不愿意自己是特蕾莎。大家对戴安娜的关怀、咏叹、悼惜，自然超过特蕾莎。从前张翰说"使我有身后名，不如即时一杯酒"，这正是世人在两位奇女子之间的选择。何况特蕾莎也未必流芳万世，而戴安娜的丰富多彩又绝不止美酒盈樽。新闻通讯充分满足了这一选择。

戴妃、特蕾莎修女，皆非"常人"所能做到，但特蕾莎修女尤难。学戴安娜，画凤不成尚类鸡者也；学特蕾莎，雕龙不成反为蛇头。古人要我们希圣希贤，原是教我们学特蕾莎。倘若不能学、不愿学，不能以之为师，退一步可以拿她做代理人，捐钱支持她，有些事我们做不到，由她替我们做。台湾的证严法师正是这样的社会角色。再退一步，还有一个态度，即是欣赏她，承认人性可以到达这样的高度，一如我们看运动比赛的世界纪录，发现人类的体能可以发挥到这般程度。能打破世界纪录的只有一个人，然而这一个人仍然是"人"，我们从他身上发现"人"的最大可能，或无穷的可能。于是我们对同类生出欢喜心。我们的这一念，可以由特蕾莎激发出来，不能由戴安娜激发出来。

但是，毕竟，这是伴着檀香气味而升起的念头，于今已经全不流行。"人人对美德一鞠躬，然后走开"，自古如此，于今似乎连鞠躬也省了。诗人程步奎先生说，美国人遇见自己做不到的事，用"我不是特蕾莎"来拒绝，可见希圣希贤的心是没有了。至于欣赏，我的朋友告诉我，他爱看戴安娜，不爱看特蕾莎，因为戴妃令人悦目顺心，特蕾莎修女令人严肃沉重。另一个朋友说，天生一个特蕾莎，好像是要显出你我是多么丑陋，这种安排他不喜欢。不得了，我一共才有几个朋友？异议人士占了这么高的比例！看来"两个旷世奇女子"的"提法"，还不知到底是谁沾了谁的光。把诺贝尔和平奖奖金给了特蕾莎，简直是在举世滔滔中打造方舟了。

我在1990年出版的《两岸书声》中提到"神圣事物"之世俗化，现在势须补充，凡俗之可能神圣化。和特蕾莎相比，戴妃应该属于俗世，单看"临终"一场的布景和道具吧，美酒佳肴，豪华酒店，特别订制的座车，身旁男友是埃及富豪之子，外加司机和保镖。至于"和艾滋病人握手"之类，特蕾莎修女是全职，戴妃是客串；特蕾莎修女是信仰，戴妃是余兴；特蕾莎修女是爱上帝，戴妃是对抗皇室。就这么比画几下，立刻与特蕾莎修女并列为"两个旷世奇女子"，而声势过之。这还能算红颜薄命？戴妃人中太短，精光外溢，照面相看活不到特雷莎的年纪。她只是短命，不是薄命。

世俗和神圣的界限模糊。军火商捐出一亿美金来，立刻有些神圣的意味；穷寡妇捐出两枚小钱，教堂也照收不误，这一授一受之间，神职人员也显得凡俗。世俗可以创造神圣，神圣能不能创造凡俗？戴安娜足跨圣凡两界，赢家通吃，鱼熊兼得，是"破格完人"，特蕾莎如果去唱一次卡拉OK，保管鱼熊两空。年头的确是不同了。

仇滋味

《礼记》有一段话，大意说，如果你走在路上遇见杀父的仇人，你要立刻同他拼命，不要等到回家拿了兵器再来。为什么呢，老师的解释是，如果你回去取武器，仇人可能逃走，错过复仇的机会。还有，你见了仇人，想到兵器，表示你计较得失成败，没有必死的决心。

我当时吓了一跳。《礼记》是儒家的经典，原来儒家也有这样强烈的报复思想。见了仇人，不管打得过打不过，立即扑上去，要是被仇人杀死了呢？没关系，你有儿子，儿子失败了还有孙子，仇恨可以遗传下去。《春秋》说，"为国复仇，虽百世可也"。

难道"仇人"没有儿子吗？料想也有，于是双方结为"世仇"。如此局面已经不堪想象，更严重的是，"大丈夫难免妻不贤、子不肖"，父亲是武夫，儿子可能是病夫，祖父是杀手，孙子可能是绣手。以"不肖"子孙担当复仇的责任，甚至以之充当别人复仇的对象，岂不凄惨！

对日抗战期间，有一个游击队领袖被另一个游击队领袖杀死了，死者的妻子矢志复仇，她自己仅有缚鸡之力，于是把重责大任寄托在10岁的儿子身上。每天早晨，儿子上学之前，她在早餐桌上对儿子谆谆告诫：你父亲是怎么死的，你的仇人是谁，你将来一定要怎样怎样才对得起父亲。儿子放学回家，晚餐桌上，做母亲的又对儿子再叮咛一遍。如此这般，几年以后，有一天，这个儿子突然疯了！

古人虽然讲究自力报复，但是在我们的生活经验中，自力报复的行为仍然很少。"八月十五杀鞑子"毕竟是传说，中国人做不到。中国人做不到的事，别的民族做得到吗？

不过问题还潜伏在那里。人要先学习恨、培养恨，有了恨的能力和哲学，才可以恨这恨那。等到你恨的目标消失了，"恨"并不随着消失，"恨"仍存留在你的行为冲动里。时至今日，我们还是不敢批判恨、否定报复。"恨"表现了我们的生命力。根据忧患意识，这能力迟早用得着，有备无患嘛！抚今忆昔，我们中国人浸润于"报复"的宣传与教育之中，时间已经太久了，你未必接受，也无法完全拒绝。国人的气质、人生观、价值标准似乎因此多了些"东西"。这"东西"既然不能发为行动，就得有个器皿安全存放，像存放核子废料那样，勿使外泄，任其衰竭。这"器皿"，我认为是宗教，高级宗教，否则，政治上为了一时需要而过分膨胀加重的那点子"东西"，势将折磨我们终生，并殃及我们的子孙。

做人是"扶得东来西又倒"。儒家标榜中庸，又说"中庸不可能也"。我这篇小文章确乎是由"东倒"变成了"西歪"，这也没有法子，东倒西歪都是为了站着。

难　题

　　人人都知道1946到1949那几年中国大陆发生了什么事。那时我刚刚成年，颠沛流离，北胡南越何止千里，虽未受辱胯下，确曾乞食漂母。1981年后，中国大陆逐步开放，我写信寻找当年帮助我的人，费时两年，写信一百多封，惊动7省29县市的侨办，终于一一查出下落。

　　40年来，中国大陆"天翻地覆"于前，"史无前例"于后，人的生活状况和居住地址变化很大，"旧人"大都存活，与我所想象者不同。但本文要说的是另一件事。那些"旧人"忽然接到天外传书偿还40年前的人情债，惊讶有之，高兴则似乎并不。有人还不免表示多此一举，徒增困扰。

　　抗战后期，我们流亡学生得到一位老师很多照应，"天翻地覆"以后，这位老师劫数难逃，判了刑，坐了牢，下乡劳动，妻离子散，都是应有之义。等我千辛万苦得到他一张照片，他老人家七十多岁了，虽然不常理发刮脸，但在须发掩遮不到处可见他是健康而乐观的，是心平气和顺天安命的，这是他老人家数十年动心忍性修炼出来的道行，被我这无知妄作的人一下子给他破坏了！以后我每年寄钱去，他每年寄照片来，尽管衣履一新，背景也繁花似锦，他老人家当初那坦然的笑容、坚定的眼神却无影无踪，代之以"往事只堪哀"的凄苦。我的罪过真难解难赎！

这位老师写给我的信，总是"明明白白一张，简简单单几行"，但我猜得出他老人家吃也吃不下、睡也睡不好，他必须重新缔造内心的平衡，这件事比种田伐树要困难得多，在他老人家有生之年是否能完成他第二度的心理建设，不无疑问。我这算扮演了一个什么角色？先贤只知叫人报恩，何尝计及如许曲折，他们制定的那些样板故事，也都太简单明白了吧！事到如今，奈何奈何！

我听说佛家戒人种因，有因必有果，种善因未必得善果。报恩是"果"，同时是"因"。难道不可报恩吗？不可说，即使是佛也不能这么说，有两个伟大的文学故事想说一说，但闪烁含混，甚有难言之隐。这两个故事是《红楼梦》和《白蛇传》。

据说，林黛玉本是一棵草，幸得神瑛侍者汲水灌溉。后来神瑛侍者做了贾宝玉，这棵草就化身林黛玉前来报恩，结果使宝玉大受情感折磨，直接间接促成宝玉的弃家出走。

据说，许仙救过一条蛇，蛇化身白素贞来和许仙恋爱，以报答他的救命之恩。结果许仙死去活来，不能过正常的家庭生活，而且闹出水漫金山那样的大灾害，不知淹死多少老百姓。

说《红楼梦》和《白蛇传》的思想骨架受佛家影响，大概没错吧？这两个故事能够化入真实的人生，真实的人生能够"代入"这两个故事，所以，佛家讲神道固然胜过儒，讲人道也未必逊色。如此看来，"报恩人少负恩多"也有其光明面，那些为天下不义丈夫所辜负的人也就化尽胸中块垒了吧。

劝人看报

报纸是连夜编印出来的，夜间工作比白天工作更辛苦。每天早晨，我打开报纸，就好像看见一群人，脸色灰暗，嘴唇干燥，正从报馆大门络绎而出。那是我少壮时期在编辑部见到的景象，刻骨铭心。

现在，报馆的工作环境和员工福利都比当年好上加好，我仍然觉得编报是一件令人感动的事情。我们酣睡，那些人在工作，分秒必争。早上醒来，我们走出混沌和蒙昧，不知道世界已变成什么样子，不知道今天的世界和昨天的世界断裂了没有，而"那些人"，已经为我们准备好了答案。诗人侯吉谅有一首《醒来》，第一段正是描述这般心情：

每次醒来都要仔细回想
昨夜睡前又有什么消息
从对岸传来，沉淀在心里
以致让我如此不安，以致
每次醒来都要先侧耳倾听
外面那个世界，是不是还在

益者三友，直谅多闻。三者之中，多闻实在难得。

我想，世上可能再没有一种交易像买报纸，你花那么少的钱，可以买到那么多"东西"。推销百科全书的人说，你只要花七分钱就可以得到一条知识。但是，如果你看报，也许花一分钱就能得七条知识。

为了做我们"多闻"的益友，报馆集结了各方面的人才。我壮年时期打工的那家报馆，现在的员工总额是两千人。有一天，我到报摊上去取报的时候忽然缩手，我想这不可能，我怎能只花几角钱让两千人为我工作，这简直是一个神迹。

如所周知，报纸有立场，"一人一把号，各吹各的调"。这也无妨，总比"千人千把号，都吹一个调"要好。而且，对懂得如何享受报纸的人来说，报纸不是"一人一把号"，报纸是你一张提琴，他一架钢琴，也有箫有笛，有钹有鼓。你若只看一份报，就是听独奏；你若同时看多份报，就是听合唱、听交响。

在我看来，每一份报纸是一个乐曲的分谱，在它们之上，有个总谱。别问我总谱在哪里，我们看遍分谱，自有所悟。也别问我作曲是谁、何人指挥，每个比喻都有限度，到此为止。

预支快乐

流行性感冒严重，专家劝人少出门，尤其是耆老，尽量莫去公共场所。

可是出门一看，依然是"站在街头，满街滚滚人头"。公车客满。茶座客满。图书馆客满。有些人，看来无所事事，才到人群中插班插队，为什么不待在家里？因为他还没有感冒。

一个没感冒的人，如果他不必上班，在这"关键时刻"全当自己感冒了，克制外出的欲望，躲在家里，那有多好。可是没几个人办得到，人多半愿意预支快乐，不愿预支痛苦。

一个酒徒得了心脏病，医生规定他每天只能喝一杯酒。有人见他坐在酒馆里痛饮，上前问他："医生规定你每天只能喝一杯酒，你忘了吗?"他举起酒杯说:"我没有忘记，我现在喝2005年7月14日的那一杯。"他在预支快乐。

由于快乐可以预支，商场才出现了分期付款的办法。人，如果接受戒烟像接受分期付款那样容易，就好了。吸烟会在日后造成许多痛苦，戒烟是你以现在受苦，免除将来的痛苦，非常划算，可是世上没有多少人愿意这样做。所以戒烟很难。

范仲淹说:"先天下之忧而忧，后天下之乐而乐。"他要预支痛苦。他的话很响亮，但是实行的人少。这里这样，那里那样，感冒倒是小事了。

闲话六尺巷

六尺巷，一条六尺宽的巷子，由左右两家的界墙都退让三尺而成，一家姓张，一家姓吴，都是清朝的高官。为了界墙，两家本来相争，终于相让，由于张家高官写给子弟们一首诗："一纸书来只为墙，让他三尺又何妨？长城万里今犹在，不见当年秦始皇。"

且说这首诗，幸亏有这么一首诗，诗有歌谣风味，通俗轻快，诗中的哲学思想，恰恰呼应人民大众的情感，或者说符合人民大众的信仰，人人朗朗上口，对诗中人物充满好感，对诗的"本事"十分好奇。这件事在传播过程中诗先到，事后至，那件事好像是这首诗的注脚。没有这首诗，单靠左右两家官位显赫，这条小巷不会这么出名，至少不会比李冰修建的水利工程还出名。"有诗为证"，中国是个迷信诗歌的国家，于此又多一例。

　　且说这道墙，张家子弟接到京中回信，立刻把界墙退后三尺，这三尺应是市尺，市尺比英尺稍稍短一些。这条巷子是多长呢，查资料换算，165米，长宽相乘，面积约330平方米，这块地不算小。隔邻吴家一看对方礼让，也把界墙退后三尺，也放弃了330平方米的土地。张家让步，受家训的压力；吴家让步，是受张家谦退的压力，等于间接受到张家家训的压力。张家的家训怎会对吴家产生作用？因为他们两家的文化背景相同。张家这一步固然可风可传，吴家这一步也可圈可点。

　　且说这两户人家。先让步的张家，大家长名叫张英，康熙时代官拜大学士，不仅如此，张英的儿子张廷玉，康雍乾三世都是立朝的高官，这样有权有势的家族，做出这样彬彬有礼的举动，人人都愿意做义务传播员。对方吴家胆敢和张府抗衡，当然也是高官，但是名讳职衔未见记载，想是地方史官认为吴家理屈，替他遮掩几分，这叫"为贤者讳"，可是执笔记事的人还是留下这个"吴"字供后世索隐。从前有个什么人说过，一个史官，如果不能忠实地记录真相，天不容他；如果忠实地记录真相，人不容他。这个记录六尺巷来历的地方史官，算是在两难之间为自己留出一条小巷来，他的难处我们深能体会。

这条巷子的故事，我在识字不多的时候，就从半文半图的儿童杂志上看过了。文章开头，那位作者先引用这首诗，第一句开头是"千里书来只为墙"，我觉得很有力度。作者说，这条巷子叫砚瓦巷，正确的名称是严华巷，巷子两边的大户人家一个姓严，一个姓华。他还说这条巷子在北京，既在北京，何以又说千里书来？那位作者没想过，我也没想过。现在知道正确的名称是六尺巷，地点在安徽桐城，第一句诗开头四个字是"一纸书来"，有轻蔑之意，滋味不同。杭州有个砚瓦巷或严华巷，跟那首诗没有关系。

六尺巷的故事有没有另一种结局？我曾设想，如果换一个舞台，换一班角色，当A家主动把界墙退后三尺，地方人士可能议论纷纷，认为A家主人失势了，斗不过B家了，他不会得到多少赞叹，有学问的人会指着那首诗，"不见当年秦始皇"，不祥的预兆，家运可能从此衰败。如果A家退后三尺，隔壁B家大概要充满胜利的喜悦，说不定把界墙向前推进三尺，占领A家放弃的土地。在六尺巷的时代，地界并没有精密的测量，通常在线上栽几棵树或者竖起一块石牌，年代久了，树朝着日晒的方向长得很粗，土质松软流动，石牌也不会死钉在最初的位置，这样，地界的中心线就有了弹性，最后多半是"弱者多予，强者多取"定案。

　　这样的事如果在纽约发生？剧情完全不同。住宅施工之前，早已用仪器把地界测量出来，在地上拉一条线，管你张府吴府，你想越过这条线，工程师坚决拒绝。如果邻居发觉你越界施工，可以向房屋局举发，房屋局一个电话，管你张府吴府，你得马上停工等待检查。即使是房子盖成了，你侵犯了邻居的产权，邻居告到法院，管你张府吴府，你也得谋取和解，付出赔偿，如果对方坚决拒绝和解，你恐怕要拆房子，工程师恐怕要吊销执照。

　　如果，仅仅是如果，你发现对方越界反而让他三尺，他一定不会也退后三尺，他也不会跟进三尺，这三尺土地仍然是你的，这里只有三尺巷，没有六尺巷。住宅旁长巷窄如一线并非佳话，而是治安的死角，环境卫生的死角，巷内如果发生事故，你仍然要负责任。不过，很可能，你那个糟糕的邻居把一些剩余的建材堆在那三尺空地上，如果你十年不提异议，依纽约的法律，这三尺土地就是他的了，他就可以堂而皇之把这三尺土地围在他的界墙之内了。所以，在纽约，三尺巷也不长久。

由"互信赤字"说起

小说家贾平凹主办的《美文》月刊，有一个专栏叫"每月语文"，黄集伟执笔，益智而又有趣，例如他介绍新闻里出现的"互信赤字"。

先说赤字本来的意思。会计记账，如遇支出超过收入，差数用红色墨水显示不足。本义扩大延长，产生"引申义"，民意赤字、信用赤字、成绩单赤字，由此而来。作家使用引申义可以产生妙句，"互信赤字"是也，你不能完全相信我，我也不能完全相信你，虚虚实实，彼此互有不足。此一新语在中美贸易谈判中出现，更是选对了时间地点和人物对象，料想双方都暗藏会心一笑。

有人说"互信赤字"有何稀奇，就是"尔虞我诈"嘛。想想也是，再想想也许不是，虞和诈都是欺骗，一口咬死，当面判决，还是"互信赤字"不带脏字，上得了外交台面。而且"互信赤字"没有人称，"尔虞我诈"有人称，"尔""我"口吻极不尊重，用作第三者评论家的语言可也，用作当事人的语言未可。

再看："一旦你把蛋黄和蛋清混在一起，就再也无法把它们分开。"在新闻里，这话原是针对欧元的危机，认为欧元的结构无法还原。我立刻想起"木已成舟""生米做成熟饭"，都表示不能还原，我也说过"葡萄酒不能还原成葡萄""不信青春唤不回"……豪言壮语，热烈鼓掌。

语言之所以耐人咀嚼回味，你得能使形形色色的读者引起各自的联想。我想到目前中国大陆对台湾的作为，正是在经济上先把蛋黄和蛋清混在一起。将来怎么样，就像那支歌唱的："命运要如何便如何。"

再看"污名化"。这个说法我们沿用已久，读《美文》专栏，才知道这个提法出自学者崔卫平，在此之前，好像大家都说"丑化"。为什么大家都自然而然采用他创的新词？品味一下，丑化是说你真的把对方变丑了，在咱们中文里面，这个"化"字玩真的，弄虚作假不叫化，涂脂抹粉也不叫化，化字一出，脱胎换骨。"污名化"虽然也有个化，变化的仅是"名"而已，实质上清者自清，对你要维护的形象更有盾牌效用。

老散文家思果有过一篇文章，他说中国大陆上的作家喜欢用"××化"，他搜罗了很多例句，指出欠妥。我的感觉是，"自古至今"使用"××化"有很大的随意性。（××性一词泛滥，也使思果摇头。）例如"物化"是化为物，"欧化"却是为欧所化，"神化"很难说他化为神，更难说神化了他，如果创制者的用意是拆穿虚伪的宣传，这个"化"字就用得勉强了。

最后介绍"失望之书"。专栏说，"失望之书"就是"过誉之书"，有些书出版以后受到吹捧，引起读者的期待，等你看到书，期待落空。《南都周刊》推出专辑，将这些书一一列举，"失望之书"一词于焉成立。

这说明中国大陆上的读者，对某些书的水平还有美好的想象，对某评论家的褒贬还很信任，书评或者广告还是他们买书时的指引。在外面，这些都是过去式了。如果没有希望之书，当然没有失望之书，人生在世的三千烦恼之中，咱们少了一项，就是买书的烦恼。两岸优劣比较已成为谈天说地者的习惯，上述两种情况你如何区分甲乙？

我们无须后悔

报纸出现惊人标题："消失中的台湾人"。急忙细读，说的是"台湾创下全球最低的出生率，成为全世界少子化最严重的地方，影响消费力、实力，甚至你我的未来"。多少年轻人不肯结婚，或者结婚后不肯生孩子。政府奖励生育，重金悬赏征求"使人一看就想生孩子"的标语口号。

遥想50年代，人们普遍相信多子多福，加上避孕无术，到了60年代，人口增加，"一年增加一个高雄市"（当时高雄市有30万人），资源的消耗"一年一个石门水库"（石门水库增加的生产效益，一年即被人口的增加抵销）。情势严重，于是蒋梦麟博士"杀了我的头我也要提倡节育"，区区在下当时也曾如响斯应，敲锣打鼓，跟那些打着民族主义的招牌主张"增产报国"的老"立委"针锋相对，惹得暗箭如蝗，遍体鳞伤。如今台湾发生人口恐慌，那些老前辈地下有知，也许庆幸自己有先见之明，暗笑我们当年庸人自扰、枉造口业吧！

看起来世事往往反复颠倒。从前教育专家一直说"男女合班"多么好，现在论调一变，又说分班好。美国法律不许分班，各州巧立名目，设"单亲班""受歧视女性数学补强班"。名作家李黎在他的《晴天笔记》中说，70年代男婴割包皮是天经地义，80年代在两可之间，到了90年代，外科医生居然说他从未受过割包皮的手术训练。有人喟然叹曰：活到七老八十，才知道原来什么事都不必做！

倒也不能这么说。60年代，台湾如果没有那样的人口政策，老前辈的在天之灵势将看见90年代台湾发生空前的"十年灾害"，人口数目也会年年下降，死因却是饥饿瘟疫，新生人力在苦役和镇压暴动中消耗，而非如老前辈所想象的用于反攻大陆的战斗。以用药作比喻，有些药大寒，有些药大热，有些药稀释血液，有些药使血液容易凝固，有些药清肠，有些药止泻，有些药使人清醒，有些药使人睡眠，医生对症下药。台湾后来跃登亚洲四小龙之一，世人目为经济奇迹，出现富足安乐的社会，60年代的计划生育是一味对症的药。

今天要换另一味药，如果我仍在台北，也会逢人相告："二十岁，女子好；三十岁，银子好；四十岁，房子好；五十六十才知道孩子好，可是迟了！"我会反复说："孩子的笑声是家庭的喜气，孩子的哭声是家庭的朝气。没有子女是人生最大的孤独。"不结婚，不生孩子，真是经济问题吗？若谈收入，谈生活水准，50年代那才捉襟见肘呢！ 60年代家庭计划工作人员四处劝导，舌敝唇焦啊！"少子化"的现象反而出现在比较富裕的年代。我也许下一剂猛药："不生子女，你很爽，你的敌人也很爽！"索性来个当头棒喝："自己斩草除根，你到底跟谁怄气？"

世事总是向相反的方向发展，每个人的贡献都是阶段性的，但并不因此丧失价值。以文学史为例，古典一反为浪漫，浪漫一反为写实，但古典主义浪漫主义时代的文学成就依然俱在。前辈的付出，使我们渡到"彼岸"，而非到达终点，终点在无数"彼岸"之外，我们一个一个要渡。每一条船，每一个舟子，都是我们感激纪念的对象。我们常听见"既有今日，何必当初"，咳，若无当初，难有今日啊！

有学问的人称此为"钟摆现象"。钟摆看似徒劳循环，实际上它推动了分针时针，钟摆现象是一种向前发展的现象，也许"唯物"的用词更漂亮，他们说"螺旋形向上"，一圈一圈升高，并非重叠。几十年来世事变化剧烈，昨是今非，令人惘然。我劝列公一抖擞，"莫更思量更莫哀"！

诠释一文钱

商业大楼门外的广场里，竖起一座大型的雕塑，一望而知那是两枚制钱，一枚直竖，一枚平放。制钱别名"孔方兄"，中间的这个孔洞很重要，不但钱可以用绳子穿起来成吊成串，造型也增加变化格外美观。今天制钱已经没有货币的效用，仍有观赏的价值，在设计师手中仍有货币的身份，银圆钞票不能代替。

这里是繁荣的商业区，寸土胜过寸金，开明资本家建造大楼的时候，地基后退几米，让出一片空间供市民休息，又靠近路边增设艺术品，提供景观。每天有很多人从这条路上走过，周末更是熙熙攘攘，制钱的方孔正好像画框一样围出他的身影。我随机拍下一张照片，现成的标题：钱眼里看人。

我想，这可能是摄影家遗漏了的题材，你可能从这个钱孔里看见凤冠霞帔的中国新娘，穿和服的日本女子，穿黄色袈裟的和尚，"好风满帆"一样的孕妇，"挂在拐杖上的一件旧衣服"似的老人，等等，——兼收并蓄，总名之曰"钱眼里看都市"。当然，你得有那么好的运气，摄影杂志里那些一鸣惊人的杰作大半由好运带来。

　　奉送大众一件雕塑，为什么在千万种造型中选择了两枚庞然大钱呢？有人认为这是财大气粗自然流露。有人说，商业大楼要出租，租户要盈利，总得想办法暗示他们这里风水好、有财气，生意人从钱孔里看大楼，不觉倾心。

　　也有人说，这件雕塑不仅对租户，也对所有的顾客和路人做出启示。瞧！别轻看一文钱，该赚，一文也要赚；该省，一文也要省。一文钱也是钱，而且是大钱，万贯家财只是一文钱的累积。新闻报道说，某银行有一个职员，他设计了一个程序，每一笔顾客存款，小数点后面第二位数，也就是"分"，英文叫作penny的那个玩意儿，都自动转入他设的一个账户。penny不值钱，掉在地上没人捡，存户都不知道自己的损失。可是有一天银行发觉了，这时，那个作弊的职员已经弄到几十万元了。

　　诠释，也许还包括：捐款行善的时候，一文钱也是大钱。这座商业大楼的底层是廉价的大众食堂，凡是看重一文钱的人都来排队，餐厅很大，坐客常满。我想不出还有什么地方，花这么少的钱就可以很舒服地坐下来小食，而且空间宽敞，窗明几净，夏凉冬暖。这正是"人民资本家"的体现，消费额虽低，消费者很多，万众一心合力支持第一流的进餐环境。

雕塑造型要在商言商，不能雅，雅了就不亲切。既然是艺术品，也不能俗，精神上的高度，要配得上现代化的建筑那种物质上的高度。比方说，给商业公司写对联，当然不能是"锦江春色来天地，玉垒浮沉变古今"，太雅了。也不能写"生意兴隆通四海，财源茂盛达三江"，太俗了。两者之间，也许可以用"五湖寄迹陶公业，四海交游晏子风"。这位雕塑高手在雅俗之间拿捏分寸，也许正是"五湖寄迹陶公业"的火候吧。

中国制钱外圆内方，据说表示和气生财，但是道德有底线。也有人说，圆，争财不争气，累积财富不择手段；方，赚钱是信仰，是宪法，事万变、人万变，最高原则寸步不让。这些都是"诠释"，事件是"一"，诠释可以成百成千。

文章是对人生世事的诠释，写得好，被人家再诠释。

剧本也是对人生世事的诠释，演出又是导演对剧本的诠释，作曲也是对宇宙人生的诠释，演奏又是对乐曲的诠释。人生的丰富是文学艺术的诠释（再诠释）造成的，写作是发表自己的诠释，所以忌陈腔滥调人云亦云。

白米粽子

不必等到端午，我也会想起包粽子。

当然是童年的事，可以说是社会淳朴吧，那时包粽子年年都是白米红枣，后来粽子商业化了，商人制造繁华，粽子就品类众多，豆沙、绿豆、红豆、眉豆、黄豆、腊肠、咸鸭蛋、花生、栗子、冬菇、虾米、猪肉陆续出现，不过回忆起来，还是当年那种一清二白的粽子，简单明了的粽子，令人回味无穷。

白米是凝固的淀粉，红枣是脱水的干果，放在一个大水盆里浸泡，围着水盆包白米粽子是冷清寂寞的工作，只因有个母亲便不同。家家都有的情景：母亲带着孩子们，围着一大盆清水。米和枣红白相映，孩子的手也白里泛红。包粽子用的竹叶也要经过浸泡，那一片一片憔悴的竹叶好像又恢复了青春。水盆里一幅画，一家大小合作画一幅水彩。

　　小孩子不懂事，把包粽子当成戏水玩耍了。我们都以为竹叶很干净，其实竹叶要用开水煮过，用毛刷刷过，留下一盆黑水，才是粽叶。脱水的干枣布满皱折，曲折的坑道里也很脏，要洗过、蒸过，才是"粽枣"。煮枣的时候还有一个小秘密，加几滴油，一小撮盐，粽米又软又香又甜，也很黏，加那么几滴油，红枣和糯米之间有缓冲，加那么一小撮盐，枣甜和米甜有调和，味蕾无声，张开双臂欢迎。这些诀窍，都是一代一代的母亲琢磨出来，一代一代的女儿承传下来，小孩子不知道，只是觉得快乐。

　　通常，厨房是家中最安静的地方，洗米的时候，听得见米粒互相摩擦。包粽子的时候，要用手把米从水里捞起来，听得见水珠从指缝间漏下来滴到盆里，也听得见米从掌心落进竹叶里。洗米，晶莹剔透，有愉快的触觉。洗米水，它像琼浆玉液。粽子就这样一个一个包成了，那些细碎不断的声音里有你的成就感，非常动听。

　　然后，煮粽子，要煮一段很长的时间，嗅觉来陪伴这些嘴馋的孩子，米的浓香，枣的甜香，竹叶的清香，水蒸汽的无可名状之香，这时候，哪里还需要肉的腻香，虾的腥香，冥冥中大自然调和鼎鼐，俨然盛宴。这段时间，孩子们去做功课，或者去做游戏，都不能专心，想的只是吃，不断看厨房。一定吃得到，而且很丰富，所以童年很快乐。

吃粽子了！剥开竹叶，白嫩滋润，弹性抖动，这哪里是粽子？这是人参果！吃，满口清香甘甜，通过咽喉食道，母乳一样舒服。作料配件都多余，靠粽子帮助，这番经验后来帮助我读通了那句诗："却嫌脂粉污颜色。"母亲在旁边叮嘱：慢慢吃，慢慢吃。怎么能慢得下来？母亲在旁边叮嘱：别烫着，别烫着。孩子不记事，如果不烫，哪能至今魂牵梦绕？医生说，中国人得食道癌的比例偏高，因为中国人爱吃温度高的食物，像辣椒牛肉面，唏里呼噜，龇牙咧嘴。是这样吗？如果真的这样，那也认命了！

家家一样，粽子上了桌，母亲最后吃，甚至不吃，厨房里的香气把她熏饱了，做母亲的从来不是靠淀粉蛋白质活着。厨房是个辛苦的工厂，工序复杂，区区一个粽子尚且如此！一个外国人说，中国人做菜做饭的过程是一种折磨，我来换个说法，中国人做菜做饭是一种修行，母亲看孩子吃，看得津津有味，目光那样温柔，那就是她的快乐，她的成就。

请恕直言，人在吃东西的时候最难看，扩而大之，许多动物在吃东西的时候都难看，狗啃骨头，贪嗔俱全，目露凶光，一面吃一面准备战斗，别的狗看了想抢。中国京戏没有饮食的动作，喝酒的时候，举起袖子挡住脸。早期话剧的舞台上也没有吃喝的画面，因为其中没有美感。那个叫"文化"的东西来了，特别倡导餐桌礼，希望吃相好看一些。

只有自己爱的那个人吃东西，你才爱看。请女朋友吃饭，她吃得挑剔，楚楚动人。同生死共患难的哥儿们，大碗喝酒大块吃肉，你高兴，抢着付钱。家家一样，母亲爱看孩子吃粽子，孩子不懂事只是吃，旁若无人，如此这般，他接受了母亲的爱，母亲快乐，就是报答了母亲。

诗人孟郊提出来的那个不朽的问题有了答案：寸草好好地生长，就是报答了春晖。万物欣欣向荣，就是报答了上天。

用人惟德或惟才

"用人惟德与用人惟才孰为得失"，从前有人拿这个题目要我作，我交了白卷，现在可以敷衍成文了。

出这个题目的人，认为"才"和"德"是矛盾的，是互相妨碍的。根据这个看法来推演，使人想起曹操和司马光。曹操下令求才，坦白声明不论品德，但问才能，司马光在《资治通鉴》里强调用人以品德为第一，宁可用愚人，也不要用小人。

为什么两人的主张有这么大的差异？也许和时代环境有关系，曹操是乱世的领袖，乱世用人是要他解决问题、达到目的，所以重才；司马光执政时天下一统，有制度可循，他要的是守法守分、公而忘私之人，所以重德。

不妨说，才能和品德都有用处，依照《礼记》的设计，虽在大同之世，也得"选贤举能"，并未偏废其一。有人豪言壮语，认为天下无不可用之人。孟夫子的意见比较具体，他说："贤者在位，能者在职。"众人之事，由有德者决策，交给有才能的人执行，说个比喻，法官必须有德，侦探必须有才，两者互相配合。

今天用人，是选贤还是举能？是惟德还是惟才？普通百姓的看法，如今社会是治世，典章大备，管理众人之事，循规蹈矩就能办好，主其事者宁狷勿狂，宁拙勿黠，要循吏不要英雄，尤其用不着奸雄，我们还是选德行君子。

西方社会盛行选举，许多职位并非温良恭俭让可以"得之"，赢得选战要靠才能，司马光看中的"愚人"如何出头？这是他们政治制度的难题。

兵法与人生

　　《孙子兵法》恁地这般大胆，毫无遮拦地说战争的最高道德是胜利。（反过来说，战争最大的罪恶是打败了。）当然原典是文言，我的了解也许有出入。

　　既然胜利是最高的道德，那么为了战胜自可无所不用其极。"上帝是站在战胜者的一边"，道德似乎也是。倘若身死国灭为天下笑，妻女为奴，部属就戮，战场上的仁爱信义有何意义？麦克阿瑟说："胜利没有代用品。"这位受克劳塞维茨兵学熏陶的名将，不明白世上何以有不求胜利的战争；他在"战士军前半死生"之际恶补《孙子兵法》，并未解开心中的疑团，因为他弄不懂的问题孙子也不懂。

　　孙子指出，战败的后果比什么后果都严重，"兵者，国之大事，死生之地，存亡之道，不可不察"。胡林翼曾经说，只要对国家有利，无论多卑鄙的事他都愿意干。他说的也许是一句笑话吧？可是孙子倒是认真，他坦然说"兵者诡道也"，"兵以诈立，以利动"。兵家也讲道德，那是道德可以鼓舞士气或号召民心的时候，在这里，道德仍是一种手段，只有在可以增加胜算的时候，兵家和道德才有几句共同语言。

"兵不厌诈"，不但欺敌，也欺百姓；不但欺百姓，也欺自己的士兵。《孙子兵法》完全没有提到爱民，他只担心民力枯竭，补给缺乏。使用士兵作战时，他说"若驱牛羊"，"登高而去其梯"。他要厚赏的是间谍。像糖精盐精一样，《孙子兵法》是一种"精"，把所有的杂质都滤除了，像纯钢纯金一样。《孙子兵法》也是一种"纯"，锐利无情，没有那些婆婆妈妈的牵连。岳飞为了掩护难民南下，班师迟迟其行，军事上虽然没有招来闪失，却落实了他抗命谋反的罪名，孙子地下有知，也许要叹一声"咎由自取"吧。

当年我受军训，为一个问题百思难解：军事训练为什么会是这个样子。所谓"这个样子"，人人都知道是什么意思，约言之，不合常情常理，强迫你脱胎换骨做另一种人。多年以后我慨然大悟，天下做人的道理都是教人怎样活，自己活，也让别人活，惟有战争相反，"有敌无我、有我无敌"。战争反常，也就是"非常"，也就是不正常。连一头牛上了战场，也不再是脖子上负轭，而是尾巴上点火。军事训练是一种非常的训练，孙子的主张是一种非常的主张。

这番话并非反战，除非全世界的人类都反战，只要有一个国家、一个民族、一个团体备战好战，别人必须有相对相应的措施，保护自己。有时也许先发制人，因为"攻击乃最佳之防御"。落实到战场上就是"我先杀你，免得你杀我"。杀敌是最高道德，不论采取什么样的诡计。孟子说，"行一不义，杀一不辜，而有天下，皆不为也。"孙子知道了也许要笑，下围棋不是还故意安排"死子"吗？依你孟夫子，你老人家早已进了集中营，还能"人不知，亦嚣嚣"？

情感诚可贵，道德价更高，若为战胜故，两者皆可抛。战场把人生的目的无限缩小，又把技术层面无限扩大，均衡既失，许多原则稀里哗啦倾覆，这破坏可就大了。战火烧毁的不仅是阿房宫、圆明园、滕王阁而已。在战神所指之处，军队要不顾情感和道德全力求胜，百姓要不顾道德和情感委屈求活，政府也顾不了那么多，要紧的是支持战争。一场仗打下来，人不再像以前爱朋友、不再像以前那样相信政府、不再像以前敬天地鬼神了！人对着镜子观看，也不像以前欣赏自己看重自己了！

这时我们仿佛看出某种分工：军队尽管放手打，打胜了，烂摊子交给行政部门收拾。军队扮黑脸，行政唱红脸。当行政部门重修滕王阁的时候，可以想到许多无形的"上层建构"也在修复之中。当经济上使民休养生息的时候，在文化上和精神上也在补充丧失殆尽的活力。30年为一代，大约要30年的时间，黎民苍生才逐渐摆脱战争造成的幻灭虚无，热爱现实人生，服膺价值标准。大约要30年的时间，人们才会忘记政府为了求胜说的谎、军队为了求胜而做的恶、亲友为了苟活而犯的戒，恢复对某些抽象名词的热情和忠心。

所以要好好地活着迎接盛世。

风水命相

一

文明人大都昂然排斥迷信，把命相风水当作愚民的功课。可是有些人在"很文明"了以后，对他当年鄙弃的东西忽又爱惜起来，他也要请人批批八字了，他也要请人看看办公桌究竟应该怎么摆了。心灵的成长竟像是分成三个阶段：一、迷信时期；二、破除迷信时期；三、回复迷信时期。

有一天，跟几位朋友闲谈，有人提出一个问题：在纽约开命相馆有没有生意？当时听到的说法是：中国人在纽约打工，一小时六元八元，多劳多得，少劳少得，不劳不得，因果十分清楚，"未知数"几乎没有，人人不需要算命占卦，命相馆大概不能存在。这是几年以前的话。事实证明那番话仍停留在人生的第二阶段，即破除迷信阶段。及至更文明的人越来越多，第三阶段的新闻和传说就不胫而走了。

在命相风水之中，以风水为最热门，纽约有名气很大的风水先生，资本家来经商设厂，往往从买地皮起就请风水先生参加作业，一个红包可能是万元美金。其次是开个店要取店名，店名讲求笔画，这方面也有专家，收费自百元至千元不等。似乎"迷信"的资格第一要有钱，有钱的人不一定少劳少得，也不一定多劳多得。

二

"愚公移山"是个家喻户晓的故事，现在发生了一个大家很少想到的问题，即愚公为什么一定要住在那里？他为什么不搬家？

有人说愚公太穷了，无处可搬。这话不可信。想愚公当年地广人稀，平原沃野无主，一个人随便拿根绳子圈一个圆圈儿，圈子里的地就算他的。五湖四海何处不可为家？又有人说，愚公不搬家，是因为不能让山把他赶走。这就更奇了，到底是山先在那儿还是愚公先在？

这个争论所以发生，是因为移山实在太难，大家同情愚公，不免借箸代筹。有位风水先生力排众议，说移山并非易事，搬家也是麻烦，愚公只消把前门堵死，另开一个后门，问题不就解决了吗？这真是"苦海无边，回头是岸"！众皆称善。另一位风水先生则说，堵门开门仍需大费手脚，不如在大门外迎面高悬一面镜子，愚公出门时抬头一看，镜子里满眼是天苍苍、野茫茫的景象，此时有山也就等于无山了。这是四两拨千斤，较前一计尤为高明。

命相风水也者，都是用最简易的方法解决最困难的问题，而且能把客观上无法解决的问题在主观上"视同"解决了。此其所以能风行也，所以能不朽也。

三

世称在美国出生的中国后裔为ABC。中国人移民来美不自近日始，在美国出生的人也有老中青三代，但ABC一词似乎指其中的青少年。这是语言的约定俗成，不必过于吹求。

一个时代的人或一个环境的人，其骨相有某些共同的地方。我们从历史著作所附的照片里，可以看见北伐前后的人有厚重朴实的土气，这种土气，在今天年轻人的脸上难得一见，至少在都市里是如此。有一位女作家在她的文章里说，香港的男孩子脸上有共同的气质表情，她称之为"薄幸"。有一位相士，在纳粹集中营里关了十几年，阅人无数，恢复自由以后断人休咎，推断有无牢狱之灾最为灵验——这些微妙，姑且名之"共相"。

ABC也有他们的共相。一般来说，多半显得单薄。至于何谓"单薄"，那完全是一种感觉，只对有"共识"的人有意义，恕我不能进一步解释。依照传统"迷信"，骨相单薄的人多半没有后福，子孙不繁，功业难成，甚或不能长寿。那么中国移民有一个集体的劫难快要到来？

上一句话里有两个"多半"，一个"迷信"，表示说的是一部分人，而且不会灵验。不过既然有此一说，我炎黄锦胄倒不妨拜而受之，心存警惕。

四

在偌大的中国大陆上，命相风水这些旧事物，并没有被"文革"悍将完全破除，据说，大陆的同胞们很信。看中国作家写出来的文章作品，有烧香拜佛的情节，有"天算不如人算""下辈子变牛变马"的对话，大陆同胞脑子里的传统信仰并没有洗得干净。

有人从南京移民来美，行前到测字先生那里求教，信手拈来一个"共"字。测字先生说："不好，这个字上头那么重，下头两只小脚怎走得动，又怎走得远。"又说："共字旁边加立人为'供'，供字有检举、出卖的意思，要当心身边的人！"那一年，果然没有走得成。

两年后再度申请，也再去测字，换了一位测字先生，说也奇怪，又伸手拿出来"共"字，不免倒抽一口冷气。可是测字先生却连声恭喜，说"共"字的字形活像一架飞机，飞机都准备好了，还怕什么？细看这次拈来的"共"字，写得扁，中间一横特别长，等于机翼，下面紧紧贴着两个瓜子点，等于机腹下面的轮子。

测字先生又说："共字旁边加口为'哄'，哄是欺骗，因此不可听信人言。"他照测字先生的指点办事，果然成行。是也非也，也不知是附会还是巧合。

利马公墓

居停主人右手把住方向盘，左手抬起来朝挡风玻璃外面一指，口里说："快到了，前面就是。"

我睁大了眼睛，左看右看，找不到这座著名的公墓在哪儿。远远望见前面的路伸入一片广场，场中尽是滚滚的人头和滚滚的花，连绵相接，好像新年期间锦身绣鳞的长龙舞、罢未歇，在观众群中蠕蠕待动。

在广场外下了车，但见偌大的广场里全是卖花的摊位。菊花最多，一朵朵肥得像是肉长的，颜色尤为鲜艳，白黄粉红都有。有些摊位上摆着收音机，向人放出热情的音乐。我们是来到花市，来到菊展的会场了，动身上车时心中预存的那几分沉重完全消散了。

有一种花我从未见过，叶子狭长，把花朵裹住，红色的花瓣卷得很紧，从叶槽里往外冲，冲出一个尖尖的嘴来。

我问这是什么花。

"这种花叫作天堂之鸟。"

这个名字取得真聪明，可不是？花的轮廓活像振翅高飞时伸向前去的鸟头。我买了一束"天堂之鸟"，我们来此，就是为了悼念一个进入天堂的灵魂。

花捧在怀里，眼四处张望，找寻那个由人间通往天国的地方。我简直难以想象：公墓围在铁栏杆里，栏杆很高，要仰起头来才看见顶端，大门顶上，栏杆最高处，立着吹号的天使。栏杆里面，透过那些黑色的长方形的框框里看，涨满了乳白色的光，光明拥着一圈圈嫣红翠绿从那些黑边组成的框框里流泻出来。我想，我看见一个童话世界。

进入墓园，园中的景物先把我的视线拉到路旁的地面上。首先我看见一片细碎的小花像厚厚的地毯铺在那里，地毯四周由清一色的黄花镶边，地毯的一端侧卧着一个栩栩如生的人像，卧像之前是一组白色的花瓶，像花蕊和花瓣一样排列着，瓶里插满了亲友献上的鲜花。这座卧像是谁呢？他就是死者，一个平平凡凡的人，一个在家人和亲友的心目中十分重要十分可爱的人。他的骨灰埋在地下，生者在地上经营了一个小小的花圃。

跟卧像相邻的，是一片绿油油的草坪，四周用五颜六色的小花瓶作了界线，每一个花瓶里都有公墓管理人员洒满了水，准备承受祭悼的花束。草坪的中间拢着一具黑色大理石做成的石棺，棺身一半藏在土里，一半浮出地面；棺身倾斜，使人能看清楚上面的铜环和墓志铭。死者的姓名倒没有刻上去，他是一个平凡的人，爱他的，当然知道是谁埋在这里，与他无关的人当然不必。

　　就这样，一眼望去，是一张广阔无垠的百衲图案，用各种可爱的植物拼成；图案上陈列着哭泣的圣母，拯救的天使，十字架，摊开的《新约》，以及外人无法揣测寓意的各种造型。这偌大图案上的每一个方格，都有爱心和匠心，有纪念死者和安慰生者的各种设计。我们要祭的人，他的尊容正在阳光下温和地注视我们，一片红黄相间的小花欣欣盛开，他的"领土"的四周围着精巧的白铜栏杆。他是一个真正的中国人，有中国传统美德，葬在异国这样芬芳美丽的地方。我们献上鲜花。我不认识他，随着居停主人默祷致敬。他有资格赢得陌生人的尊敬。我们知道花会凋谢，但是他的令名永不消失。

　　这以后，主人开始带着我们游览。我几乎是以游园的心情走走看看。我看到了那一座一座白色的大理石砌成的庞然大物，是这些东西使墓园在铁栏杆里透明、膨胀。这种建筑的外貌令我想起了缩小的公寓楼房。它分四层，最上的一层要仗着梯子才可以把鲜花供上。每一层都分成许多格，每一格都设计成窗形，每一个窗子都密封，里面藏着一坛骨灰。窗门上有各式各样的浮雕，用美术的力量净化每个生者的感情。每一个窗口堆满了花。花，花，这里是花的世界，人们用鲜花的彩姿，征服了死亡形成的单调，用白色的大理石的反光驱走了死亡的阴沉。

我有点爱上这座公墓了。它是如此清洁，一尘不染。它是如此明亮美丽，使人觉得死者的确得到安息和幸福。我不知道他们怎么能把公墓管理得这么好，走遍大半个公墓，没有看见一棵枯树、一株死花，没有看见一个花瓶里没有水，没有看见一个人像被敲断手指头或敲掉鼻子。公墓是这样大，死者相当集中，一个人来悼念自己的亲人之后，可以顺便到朋友的墓上插些鲜花。清明节带上孩子来认识祖先，孩子们会觉得祖先是一些和蔼可亲的人。这真是一个好地方。

我看见有些老华侨葬在这里，他们用中文表示自己是中国人。"花县平山刘江定好之墓"，几个毛笔字看来触目惊心。"有海水处就有中国人"，那么有海水处就有中国人的墓，也有中国人难言的隐痛和未竟的壮志。有一碑文特别详细，大意说，死者的原籍是"赤溪"，赤溪之得名，是由于两族世仇，经常械斗，溪水为赤。死者苦劝两族和好，无人听从，于是率家小远涉重洋，不问世事，这样的人虽已火化，其千古遗恨又怎烧得掉？

不知怎样，心情又沉重起来，来时沉重，去时沉重，中间只赚得片刻怡悦。

作家练习写墓志铭

在台北《联合报》的副刊上读到"作家的遗书练习"，众多年轻作家应征，豁达而有文采。寥寥数语，与其说是遗书，不如说是遗言，更像墓志铭。想起《联合报》副刊曾经陆续刊出世界名人自己撰写的墓志铭，今人未必不如古人。

谈生论死，本是老作家的强项，但数来数去，"作家的遗书练习"中没见老作家的名字。想是编者体贴人情，没向他们征稿。不揣冒昧，我写上一段，开个头。文曰：

覆巢之下的一枚完卵，倒也孵化了，以造化为巢，也以造化为窀穸。

感谢上天，给我如此多的岁月，使我由散文甬道进入戏剧天地，终于知道全部的剧情。

写到这里，不由人想起几位故去的老友，没听说他们自己留下这一类只字词组。我自愿捉刀，替他们每人写上一段，表示怀念。你不要问他们是谁。

其 一

生命本无意义，我像在荒原上栽树那样种植意义。一片郁郁苍苍，想象自己的手印。

受草木供养，与草木同腐，感谢所有的来者匆匆一瞥。

其 二

嘻笑怒骂都是演出。

挥手自兹去，一切假的都变成真的了。

我留下的启示：假比真精彩，假比真痛快！假也比真永久！

其 三

有人问我，一生因傲慢自大而受人轻视。何苦来？我从来不屑答复。

现在谜底揭穿，抬起下巴受人轻视，优于弯下腰来受人轻视。我不惜示现，启发世人。

其　四

当年一同起步的人都转向了，我不改初衷。

即使西天空空，只要修行到底，我就是第一尊佛。

其　五

人生，一尺以外都是黑暗，止步吧？

不，只有走下去，才会看得远。

知己难得，最后只有自己说出来。

其　六

我相信无神论，长期为一间黑屋子里是否有一只黑猫争辩，但一切到此已经结束了。

无神论没有那一个世界，我也不想知道谜底，留给你们去牵肠挂肚。这才是大解脱。

其 七

再也用不着查究我的政治思想了，我不相信任何主义，只相信自己的地位和财富。休要用那样的眼神看我，信仰本无真伪，只有久暂。人人由无所信而信其所信，到公墓全体归零，活着的人去数算的，只是你的身外之物。

其 八

六十年前，我跟一个同伴讲动物的亲子之情，他的眼圈一红，我的心中一动。为此，我跟他做了六十年的朋友。

有一天，我永远躺下了，幻想有一排红眼圈构成墓园的风景，而我，化为晚霞报答他们。

其 九

如果我来了是一阵风，我去了就是一场雨。
如果我来了是一场雨，我去了就是一园花。
如果我来了是一园花，我去了就是满地种子。
想念我吧！我是单行道上的过客，永不再来。

其 十

世人将遗忘我，我必须先将自己遗忘。这一抔土也是多余，但活着的人暂时需要。这一方石应该空白，每一个前来站立片刻的人在上面写字，然后被别人拭去重写。

网里网外

诗人陈克华引社会学家韦伯的话："人是悬在他自己所编织的意义之网中的动物。人类所有的努力皆在补缀这张意义之网的缺口。"

想起我写过一句话："人努力一生，只是为了弥补他所犯的一个错误。"两个说辞有分别吗？虽然我那时尚未读过韦伯，我那句话很像是韦伯的通俗版本，也许我的境界小，说个人的追求，韦伯境界大，说人类历史文化的发展。

我感慨的是，许多人，像我，一生都在网中，这一张网并不是自己编成的，我们并没有编网的能力与自由，我们只是纳入别人编好的网中。有人被迫落网，那网不容分说自天而降罩在他的头上，有人自动进网，那网张着大口摆在他必须经过的路上。我们的努力，或者说我们的等待，乃是这张网终于有了破洞。

有学问的人说，"仕"和"隐"是诗人心中的情意结。仕，做官，就是进入网中；隐，不做官，就是脱身网外。仕，固然有压力；隐，也没有你想象的那样轻松。网内有的、网外没有，网外有的、网内没有，这一张网也像围城，里面的人想出来，外面的人想进去。明末有个网中人叫洪天擢，历史把他写得很好，可是笔记小说另有角度。据说朝廷派他去犒劳李成栋的部队，办完公事聊天，满座宾客各人说自己的志向，洪天擢说，我如果有一千两银子安家费，我就当和尚去了。李成栋说好！立即命人扛出一千两银子，同时也找了理发师来把洪天擢的头发剃光。这个玩笑开大了！洪天擢找人跟李成栋说好话，把银子退还，等头发再长出来。

我觉得，文学家艺术家也是身在网中，这张网在很大的程度上是出于他自己之手，但是仍然借重一些外在的条件。他这张网跟政治人、经济人的网不同，也许人类各有其网，隔网相望，当然，在所有的网之外、之上，还有一张恢恢的天网。文学家艺术家倒是一生都在补网，使他的作品多一分完美，少一分缺陷。

所以我见了文学家艺术家自惭形秽，因为他们追求完美，而我们等待毁坏。

人可以貌相？

读今人用白话文写的一本书，以麻衣相、柳庄相为基础，予以简化，杂以后来的人相学，一边看一边把认识的人对号入座，颇有趣。

读下去，心情变沉重，想到60年前老家的那些尊长。一位本族的叔叔，"小头锐面，惊眼四顾，独坐时眼珠转动，"加上"唇薄，身材小，脸皮包骨"，凶相。枪法准，子弹多，睡觉时一夜换两三个房间，枕头底下一把手枪，被窝里一把手枪，结果"动刀的死在刀下"。

"凸眼露睛，眼珠黑润，上眼皮臃肿，话多"，这人有权势，多凶险。一位本家爷爷正是如此，他一辈子骑马坐车，没走过路，最后走投无路。书中还说这种人"性能力强"，好像也应验了。权势大的人管得宽，管得宽的人造孽多，他是个胖子，据说死的时候骨瘦如柴，没人收尸。

教我读唐诗的那位疯爷，好像正如书中所写，"上眼皮圆，下眼睑无肉，眼睛明亮，眼线整齐"，有文学天才，没有理财治事的能力，连自己倒一杯开水都有困难，乡中冷眼人数而叹曰："这种人被女人宠坏了！"太平民成了乱世犬，卷入大迁徙的滚滚人流，我打听不出他的下落。

当年学写小说，有"人物描写"一课，老师教我们读相面的书，补观察之不足。后来在电影电视圈出出进进，导演都通相法，什么模样演什么角儿，他不会派"真英雄"做"捉刀人"。在实际生活中尽信相术，对人容易有成见，用美国人的说法，那就成了"歧视"。

日本的科学家说，人的脸型将越来越狭小，百年后，日本人的面孔比今天更为细长，比今天日本人的平均脸型窄三分之一。骨骼专家说，现代人的食物精细，咀嚼减少，颚骨中肌肉退化，时间一长，脸型就会发生变化，这变化并非日本人独有。

我早就发觉，中国人的下一代，尤其是在美国出生的青少年，大都失去了中国相法推重的"国字脸"，接近曾国藩所说的"日字脸"。再加上脸色白皙，一副没有担当的样子。我曾忧虑，如果细长的脸型是海外华人的共相，是否预示下一代海外华人的集体衰落？现在看了如上的报道，如释重负。

如果日本人的研究成立，中国的相书就得改写。

敬告穷朋友

美国政府公布的国家年度健康报告中说，富人比穷人健康。

本来，曾经流行过一种学说，认为富人吃喝嫖赌，糟蹋身体，难免孱弱多病，由于遗传学上的原因，生出来的子女智力体力也不够水准。

穷人不同。穷人勤劳俭朴，作息正常，饮食有节，生理健康不成问题。贫穷使人善良虔诚，心理健康不成问题。穷人的子女在逆境中成长，能吃苦奋斗，皇天不负，百炼成钢。

这种学说能够提出，当年也有研究统计做根据。可是现代富人自己受过良好的教育，知道人在发现定律之后能够反制，偏不顺其自然。

谁说有钱定要骄奢淫逸？咱们反其道而行，有钱，在食物营养、居住环境、休闲娱乐各方面讲究。有钱，给孩子请最好的家庭教师、选最好的私立学校。有钱，仗义疏财，广结善缘，孩子到社会上做事，有父兄的人缘庇佑，也比较容易成功。

穷人呢，在现实的磨损下，容易丧失理想，自暴自弃。这本来也可以反制，可是有人索性泡赌场去了，有人黯然酗酒去了，有人觉得疲于奔命，心灰意懒，一切生活细节纵然关乎健康，也任他去了。

现在，由国家年度健康报告之发表，进一步证明某些社会学者对富人的咒诅并未灵验，对穷人的祝福反而落空，所有低收入者都要时刻警惕，向富人"制天而用之"的智慧学习，不要顺着"理有固然"的斜坡滑下去。

酒后不宜

酒后可以做许多事，例如写诗或小睡。但是酒后绝不可以做某些事，如签合同、进教堂、与人争吵、驾驶汽车。

对了，最近台北和纽约，都严厉取缔酒后驾车，近因是，接连发生重大车祸，由驾驶人饮了酒再上路造成。喝酒的人应该知道他不宜驾车，居然明知故犯，就是判断力、控制力出了问题，也就是他已经醉了，眼睁睁看见路旁有两个警察，奈何不能刹车，也就只好撞死一个再撞伤一个，他自己也撞进监狱。

有时候，饮者不知道自己醉，不承认自己醉，以致每饮必醉。他最好开车之前不饮酒。可是嗜酒善饮的人，到了应该多喝几杯的时候，如牡丹初开、快雪乍晴、良朋将别、新愁不散之类等等，怎能把持？所以要开车前不喝酒，最好从来不喝酒，能充分自制的人（必定是少数）自然例外。

李鸿章写过一副对联："醉枕美人膝，醒握天下权。"此老分得清楚，有时候，你血液中的酒精不妨达到千分之一，以享受那种醺然。但是，有时候，你的血液中必须完全没有酒精。方向盘也是一个权柄，而且是生杀大权，握权时当然要完全清醒。

每年圣诞假期，滥饮闯祸的人，酗酒自伤的人，照例会大量涌出新闻版面，有一份资料说，美国每年有三百万人因酒醉驾车或闹事而被捕，请恕咱胳膊弯往里拐，但愿华裔自爱，尽可能不去参加这一份名单。书店里有本书：《清清醒醒过一生》，写什么，不知道，书名倒是触目动心。但愿华人同胞都能清清醒醒过佳节，清清醒醒开汽车。

谁该喝酒

中国的酿酒术，据说是一个叫仪狄的人发明的，他把酒献给大禹，禹醉后醒来，感叹"后世必有以酒亡其国者"，下令禁酒。

可是酿酒术一路传下来，到周代，由一个叫杜康的人发扬提高。杜康，据说是禹王的后裔。

禁酒的祖先有造酒的后裔，耐人寻味。这好像是说明了两点：其一，人性需要的东西，很容易变为一害，可是，其二，人性需要的东西，人不能禁绝。

台湾渔船金庆十二号在海上航行，船长喝了太多的酒，对船员爆发宿怨，居然开枪打死了十一（？）个船员。

台北的司法调查员某某，参加春节记者联欢会，喝酒过量，送同席的女记者去厕所，竟跟着走进厕内，"碰触了她的身体"。

前者为一惨案，后者为一丑闻，两者都无酒不成事。若下断语，可以有三种说法：都是"饮酒过量"惹的祸，都是"饮酒"惹的祸，或者都是"酒"惹的祸。

中国人对酒一向有好感，酒为百药之长，而且"能添壮士英雄胆，善助文人锦绣肠"。竹林七贤，李白，杜甫，都是酒文化中的义务推销员。

但是，也确有人喝了酒以后，不打虎打老婆，不作诗作孽。

禁酒谈何容易！酒人人可以喝，但并非人人应该喝，酒后开枪杀人者，酒后调戏妇女者，早该断然戒饮。也许，大海航行中的船长，现职的司法调查员，本来都该滴酒不沾。

虽然一时还没有统计数字支持，许多人都认为，跟真正的"老美"相比，移民来美的华人，酗酒废业者绝少，狂饮闯祸者绝少，也许大家认清了自己是个不该（过量）饮酒的人吧！

图书在版编目（CIP）数据

活到老，真好 /（美）王鼎钧著. — 修订版.—北京：商务印书馆，2023
ISBN 978 − 7 − 100 − 22519 − 9

Ⅰ.①活… Ⅱ.①王… Ⅲ.①杂文集 — 美国 — 现代 Ⅳ.①I712.65

中国国家版本馆 CIP 数据核字（2023）第113921号

活 到 老，真 好
（修订版）

王鼎钧 著

商 务 印 书 馆 出 版
（北京王府井大街36号 邮政编码 100710）
商 务 印 书 馆 发 行
山西人民印刷有限责任公司印刷
ISBN 978 − 7 − 100 − 22519 − 9

2023年8月第1版　　　　　开本 787×1092 1/32
2023年8月第1次印刷　　　印张 7½

定价：58.00元